Urvertrauen zurückgewinnen

Susan Ritter

STÄRKE DEIN INNERES KIND UND FINDE NEUEN HALT IM LEBEN. BONUSKAPITEL: SO BEEINFLUSST DU POSITIV DAS URVERTRAUEN DEINES KINDES

DIESES BUCH WIDME ICH MEINEN WUNDERVOLLEN ELTERN.

Urvertrauen zurückgewinnen

Inhalt

Vorwort

Dieses Buch ist für den Einsteiger geschrieben, der seinen Zugang zu sich selbst finden möchte. Doch auch alle Fortgeschrittenen und Freunde der Psychologie sollten dieses Buch lesen, wenn Sie Ihren Alltag bereichern möchten.

Was genau aber ist der Vorteil, wenn Du mehr Zugang zu Dir selbst findest? Können es Mann oder Frau wirklich lernen, innere Stärke zu gewinnen, indem Sie an sich selbst glauben? Geht es auch ganz ohne Dein Zutun, damit Du Dich stark, gelassen und innerlich ruhig fühlst? Kann es sogar möglich sein, Traumata mit Hilfe von diesem Buch zu therapieren? Zugegeben: Das sind jetzt sehr viele Fragen auf einmal.

Auf all diese und noch viele mehr findest Du in diesem Ratgeber die richtigen Antworten. Das Buch ist von der Praxis für die Praxis geschrieben. Es schildert Dir, u. a. aufgrund der Erfahrungen der Autorin, wie es jeder Mensch schaffen kann, seine Lebensqualität erheblich zu steigern. Doch die Inhalte dieses Ratgebers basieren auch auf Expertenwissen von Psychologen und Coaches. Auch dann, wenn Du keinen Platz für eine Therapie findest oder wenn Du innerlich gerade mit Dir nicht im Reinen lebst, enthält dieses Buch wichtige Tipps und Tricks, die Dich im Leben voranbringen. Wie aber ist diese Lektüre entstanden?

Ich plaudere dazu ein klein wenig aus dem Nähkästchen...

Die heute 36-jährige Anja ist seit mehr als 13 Jahren verheiratet. Sie hetzt von einem Termin zum anderen und die beiden Kinder fordern sie im Alltag sehr.

Anja ist eine wahre Meisterin im Verdrängen. Ihre Ehe leidet schon sehr viele Jahre darunter, dass der Ehemann Ben seiner Anja kaum mehr Arbeiten im Haushalt und rund um den Alltag abnimmt. Ben verschanzt sich immer mehr im Büro und Anja weiß gar nicht so recht, wie er seine Zeit dort verbringt.

Schon seit einiger Zeit denkt sich Anja, dass Ben eine Freundin hätte und sich auch heimlich mit ihr treffen würde. Es kommt immer öfter zum Streit im Alltag der Familie. Irgendwann einmal rastet Anja so aus, dass sie seelisch zusammenbricht. Der Arzt sagt ihr nach dem Nervenzusammenbruch mit ernst dreinblickenden Augen: „Sie müssen aufpassen auf sich selbst. Sie funktionieren immer nur und wissen wahrscheinlich gar nicht mehr so recht, was Sie sich selbst wünschen. Gehen Sie ein wenig liebevoller und achtsamer mit sich um."

Anja fragt den Mediziner: „Ja, und wie bitte soll das gehen? Wer macht die ganze Arbeit? Die Kinder müssen ja auch versorgt werden und bei den Hausaufgaben kann nur ich ihnen helfen, da mein Mann gar nicht im Haus ist." Anjas Arzt empfiehlt ihr den Gang zu einem Therapeuten, der auch als Heilpraktiker arbeitet. Gesagt – getan.

Der Profi analysiert mit Anja gemeinsam im Rahmen einer Psychotherapie, was sie an ihrem Leben verbessern kann. Anja nimmt die Sache mehr als ernst. Ihre gesundheitlichen Probleme rund um die Sorgen über die Ehe und allem, was damit verbunden ist, werden immer größer.

So leidet die junge Mutter immer öfter an Schlafstörungen und kann kaum mehr klar denken, wenn sie sich überlegt, dass Ben wirklich eine Freundin hat. Im Laufe der Sitzungen der Therapie lernt Anja aber, mehr auf ihre innere Stimme bzw. auf ihr Gefühl zu hören. Sie merkt, dass Ben ihr schon seit geraumer Zeit nicht mehr tief in die Augen blicken kann. Hat er gar ein schlechtes Gewissen? Anja lassen die Sorgen um ihre Familie nicht mehr los. Nachdem sie ca. 9 Monate die Sitzungen beim Therapeuten wahrgenommen hat, kommt es zur Trennung. Doch während Ben sehr fassungslos und brüskiert reagiert, obwohl er tatsächlich eine Affäre hat, fühlt sich Anja zum ersten Mal frei und glücklich in ihrem Leben.

Sie zieht mit ihren Kindern in eine kleine Wohnung und beginnt einen Neuanfang. Dieser ist wegweisend für die Zukunft. Der Therapeut sagt zu Anja, die innerlich nur manchmal unsicher ist: „Das haben Sie gut gemacht. Wenn man lernt, auf die innere Stimme zu hören und seinem Herzen zu folgen, sowie dabei den Verstand nicht ausschaltet, ist das ein gutes Zeichen. Dabei können Sie nur gewinnen."

Natürlich ist der Weg zu den Veränderungen nicht immer leicht. Zweifel kochen in jedem Menschen ab und an einmal hoch. Ich werde Dir in diesem Buch sicherlich keine Tipps zu Beziehungen oder Eheproblemen geben. Jeder Fall im Leben ist ganz anders zu beurteilen. Was aber soll Dir die Geschichte von Anja vermitteln?

Die junge Mutter hat gelernt, ihr Urvertrauen zu finden. Durch den Zusammenbruch hat Anja zu sich selbst gefunden. Solche harten Schläge der Veränderung brauchen viele Menschen, um über ihr Leben einmal vom Grundsatz aus betrachtet nachzudenken. Jeder Mensch hat täglich die Entscheidung darüber, was er tut oder nicht.

Natürlich brauchen wir nicht immer solche gravierenden Einschnitte, um zu uns selbst und zum inneren Seelenfrieden zu finden. Fakt ist aber, dass fast alle Menschen im Laufe ihres Lebens so manche Krisen durchleben, die sie wachrütteln sollen. Das Urvertrauen zu finden, das hilft letztendlich auch dabei, resilient (resistent gegen Stress im Alltag) zu werden.

Auch dann, wenn ein seelischer Missbrauch oder andere Traumata vorliegen, ist es sinnvoll, das eigene Vertrauen gegenüber sich selbst zu entdecken. Wie oft im Leben werden wir nur manipuliert von unserer Umwelt? Wie häufig kommt es vor, dass Menschen sich vom Job so tyrannisieren lassen, dass sie dabei fast zugrunde gehen? Strampelst Du ab und an in einem toxischen Hamsterrad und weißt nicht so recht, wie Du aus ihm herausspringen kannst? Geht es auch Dir immer wieder einmal so richtig schlecht, weil Du am Alltag zerbrichst, kannst aber den klaren Grund dafür nicht definieren?

Die Autorin weiß aus eigener Erfahrung heraus, dass jeder Mensch in Krisen am meisten lernt. Dazu ist es unabdingbar wichtig, das Urvertrauen, das in Dir steckt, wieder zu entdecken. Jeder Mensch besitzt es - wir alle können dazu beitragen, es zu finden: das Urvertrauen. Auch dann, wenn wir uns noch niemals darüber umfassende Gedanken gemacht haben, trägst Du die Verantwortung für Dein Leben. Zeige, dass Du aktiv und nicht passiv bist.

Willkommen in diesem Ratgeber, der Dir viel Wissen und zugleich wichtige Tipps für die Praxis vermittelt. Das Buch ist für Jung und Alt geschrieben. Die meisten Ratschläge kannst Du jetzt schon aktiv in Deinem Alltag umsetzen. Komme ins Tun.

Diese Lektüre lebt davon, dass Du alles, was Dir zusagt, am besten gleich heute schon live ausprobierst. Nur so kannst Du die Veränderung von Dir selbst sein. Wie Du es schaffst, der Komfortzone zu entfliehen und dabei Du selbst zu bleiben, das erfährst Du in jedem einzelnen Kapitel des Buches. Schon jetzt wünsche ich Dir von ganzem Herzen: viel Freude beim Lesen. Schenke Dir selbst die Zeit, die Du verdienst. Es lohnt sich, den Weg der Achtsamkeit zu gehen!

„Nur wer seinen eigenen Weg geht, kann von niemandem überholt werden"

-Zitat von Marlon Brando-

Jeder Mensch kann sein Urvertrauen wiederfinden.

1. Wie kannst Du Urvertrauen für Dich definieren?

„Es sind nicht die Jahre deines Lebens, die zählen. Was zählt, ist das Leben innerhalb der Jahre“

-Weisheit von Abraham Lincoln-

Im ersten Kapitel eines vorneweg: Jeder Leser dieses Buches kann nur in sich selbst entdecken, wie genau er sein Urvertrauen zurückerobert.

Diese Lektüre bietet Dir aber viele wichtigen Ideen und Tipps, die von Herzen kommen. Ich als Autorin habe mein Urvertrauen auch schon bei massiven Krisen verloren. Vor erst ca. 5 Jahren dachte ich mir: „Das gibt es doch wohl nicht, dass ich so über den Tisch gezogen worden bin! Ich glaube langsam gar nicht mehr an mich selbst. Warum nur bin ich so dumm und habe mich auf andere verlassen, die es eben gar nicht gut mit mir meinen, wie sie es mir gesagt haben?“

Mit dieser Geschichte möchte ich Dir nur Mut dazu machen, dass Du Dich nicht in Schuldzuweisungen und Vorwürfen verstricken solltest. Fehler gehören nun einmal zu jedem Leben mit dazu. Wer hinfällt ist also nicht alleine. Allerdings ist der Spruch „Nach dem Fall musst Du aufstehen, die Krone richten und mit erhobenem Haupt weiterlaufen“ in diesem Beispiel der richtige Weg. Kein Mensch, auch Du nicht, muss in Krisen zerbrechen.

Viele Therapeuten, die Menschen dabei helfen, ihre Resilienz zu steigern, sagen Sätze wie: „Erst durch Lebenskrisen kommen die Menschen ganz zu sich selbst.“ Dazu gehört aber eine große Portion an Bereitschaft, liebevoller und achtsamer mit sich umzugehen als bisher. Zeige also, dass Du Dein Schicksal keinem Zufall überlässt. Werde aktiv und nehme alles, was Dir im Alltag passieren wird, selbst in die Hand. Aktion ist besser als Reaktion – und das immer! Jedes Leben bringt sehr gute Möglichkeiten mit, das Urvertrauen, das in Dir steckt, wieder zu finden. Selbst dann, wenn Du denkst, Du hast es auf Dauer verloren, kannst Du Dein Vertrauen wiederfinden. Es wartet nur darauf, dass Du alles aus Dir herauskitzelst, was möglich ist, damit Du Deinen Seelenfrieden findest.

Die Definition vom Urvertrauen

Das Urvertrauen ist das Instrument, das als emotionale Sicherheit gilt. Wer ein gesundes Urvertrauen besitzt, lässt sich von den Strapazen und vom Ärger, welche das Leben nun einmal mit sich bringt, nicht so schnell aus der Bahn werfen. Zudem sagt Dir das Urvertrauen, dass sich Menschen nur mit dieser Grundlage helfen und unterstützen werden.

Wer also permanent mit großem Misstrauen durch das Leben marschiert, wird vermutlich toxische Menschen anziehen und sich somit noch stärker ins Verhängnis bringen. Vertrauen aber kann jeder von uns lernen. Das heißt auch, alle Zweifel loszulassen. Das Urvertrauen ist die Basis des Vertrauens gegenüber Dir selbst, aber auch gegenüber Deinen Mitmenschen. Woher stammt aber der Begriff des Urvertrauens genau?

Die Definition vom Grundvertrauen (Synonym von Urvertrauen) kennen wir aus der Soziologie. Auch viele Psychologen finden im Urvertrauen eine positive Lebenseinstellung, die die Menschen alle für einen gesunden Alltag benötigen. Zudem müssen sich Mutter und Kind schon in den ersten Tagen nach der Geburt ihr gegenseitiges Vertrauen schenken.

Ohne dieses Urvertrauen ist es nicht möglich, gesund und glücklich durchs Leben zu marschieren. Das Grundvertrauen ist also die Basis, dass auch Du zu Dir selbst findest und Deine Menschen als bereichernd und nicht als belastend empfindest.

Menschen, die ein hohes Maß an Urvertrauen besitzen, sind von Natur aus selbstbewusst, stark und mit sich im Reinen. Sie entwickeln eine Liebe zu sich selbst, die in vielen Krisen dabei hilft, nicht aufzugeben.

Wann entsteht das Urvertrauen bei den Menschen?

Bereits als Baby erlernen wir, der Mutter zu vertrauen. Ohnehin können wir von Kindern sehr viel lernen. Babys und Kinder denken nicht soviel nach über das, was sie tun, sagen oder anderen Leuten mit ihrer Körpersprache signalisieren.

Kinder sind ganz bei sich selbst. Sie vertrauen sich und lernen, sich auch auf die Mutter und andere Mitglieder der Familie einzulassen. Es ist auch mehr als wichtig, dass jedes Kind herausfindet, wie es sein Urvertrauen findet. Wir im Erwachsenenalter haben also durchaus schon gelernt, dass das Grundvertrauen für uns im Leben elementar wichtig ist.

Nur das Urvertrauen wird uns auf Dauer in großen Schritten (beruflich und privat) nach vorne bringen. Das Problem ist allerdings, dass im Laufe des Lebens dieses Vertrauen oftmals gebrochen bzw. missbraucht wird. Schon in jungen Jahren aber sagen die Menschen nicht: „Du hast mein Vertrauen missbrauch und deshalb ziehe ich mich jetzt zurück“, sondern sie reagieren oft mit selbstzerstörerischen Verhaltensweisen.

So entstehen Krankheiten wie Süchte oder Schlafstörungen meist auch daraus, weil das Urvertrauen der Menschen abhandengekommen ist. Doch zum Thema Missbrauch und Schuldzuweisungen - später mehr.

Worin besteht der Unterschied zwischen Vertrauen und dem Urvertrauen?

Meist werden die Begriffe ein klein wenig vermischt oder miteinander verwechselt. Ganz so genau muss es auch keiner nehmen, damit er den Zugang zu sich selbst und sein Selbstvertrauen findet.

Fest steht aber, dass das Urvertrauen in den sehr frühen Kindheitsjahren auf natürliche Art und Weise wächst. Die Psychologen sagen, dass das Urvertrauen des Babys schon in den ersten Monaten im Leben unabdingbar wichtig ist. Es prägt die Menschen in den ersten Lebensjahren (bis ca. 3 Jahre) am meisten.

Schließlich ist das Kind in dieser Lebensphase mehr denn je auf andere Menschen angewiesen. Ohne Urvertrauen würde es nicht überleben. Jedes Baby muss von der Mutter gestillt, gewickelt, gekleidet und in den Schlaf gewiegt werden. Es vertraut der Mutter also voll und ganz.

Aus diesem Grunde sagt man in der Welt der Psychologie, dass dann, wenn das Urvertrauen einmal völlig abhandengekommen ist, es in dieser Form nie mehr gefunden werden kann. Doch auch dann, wenn Du Dein Urvertrauen nicht mehr wie ein Kleinkind entdecken kannst, liegt es an Dir, Dein Vertrauen gegenüber Dir selbst wiederzufinden. So sagen viele Experten, dass es im Alter einer erwachsenen Person darum geht, das Selbstbewusstsein und die Selbstliebe sowie das Selbstvertrauen zu finden.

Nur diese Elemente helfen Dir, im Leben gut klarzukommen. Egal, wie man das Blatt auch dreht und wendet: Es lohnt sich immer, dass Du Dich für Dein Grundvertrauen starkmachst. Je eher Du damit beginnst, desto besser.

Resümee dieses Kapitels:

Das Urvertrauen wurde schon in der Soziologie und Psychologie entdeckt – und das vor vielen Jahren. Von Natur aus besitzen viele Menschen ein hohes Maß an Grundvertrauen, da sie auf die Hilfe der Mutter (und die der anderen Mitmenschen) angewiesen sind. Ohne dieses Urvertrauen kein Leben!

Doch im Laufe unseres Daseins verlieren wir oftmals dieses Vertrauen und wir werden unsicher. Vor allem zu Zeiten der Schicksalsschläge vergessen wir oft, was wir können und leisten. Wir verlieren den Zugang zu uns selbst. Stattdessen verstricken wir uns in Selbstvorwürfen, in Missgunst, Neid, Schulzuweisungen und anderen Verhaltensmustern, die toxisch sind.

Die Zweifel im Leben nehmen überhand. Vor allem in schwierigen Zeiten suchen aber viele Leute wieder das Urvertrauen. Wenn sie dies entdecken, dann werden Sie klar, selbstbewusst und finden wieder den eigenen Seelenfrieden. Lohnt es sich, sich für die Aktivierung des Grundvertrauens einzusetzen?

Ja – auf alle Fälle! Ohne das Vertrauen zu Dir selbst ist es kaum möglich, tragfähige Beziehungen einzugehen. Wenn Dir Dein Grundvertrauen fehlt, kannst Du niemals mit Herzblut einen Job ausüben.

Wem der Zugang zu sich selbst fehlt kann niemals lernen, sich selbst zu lieben. Dies wiederum ist aber die Eintrittskarte für ein gesundes und glückliches Leben – und das auf Dauer!

Also: Trau Dich, anders zu sein. Niemand ist wie Du! Stehe zur Dir und zu Deiner Persönlichkeit. Dein Urvertrauen gegenüber Dir selbst leisten hierzu einen wichtigen Beitrag.

Was sind die wichtigsten Erkenntnisse aus diesem Kapitel für Dich?

Platz für Deine eigenen Notizen:

Urvertrauen zurückgewinnen

2. Die Bedeutung von Urvertrauen für Dich speziell und warum es sich für Dich lohnt, es zu entdecken

„Alles, was du je wolltest, ist auf der anderen Seite von Angst“

–Weisheit von David Goggins-

Angst war noch niemals im Leben ein guter Ratgeber für die Menschen. Angst zerstört den klaren Blick auf die Dinge und den Bezug zu sich selbst. Ein einfaches Beispiel, warum Angst auch oft mit unserem mangelnden Selbstwertgefühl und dem verlorenen Grundvertrauen zusammenhängt:

Dieter ist heute Inhaber einer gut laufenden Bar in Deutschland. Seit dem Ausbruch der Pandemie hat der junge Gastronom sehr viel gelernt. Zunächst ist er im Jahr 2020 in eine massive Lebenskrise gestürzt.

Er musste durch die Pandemie sein Geschäft schließen und wusste noch vor ca. 1 Jahr nicht, wie es weitergehen sollte. Dieter hatte große Angst vor gesundheitlichen Folgen für die Eltern und für sich selbst.

Dazu kam, dass die Medien täglich Angst geschürt haben, was viele Menschen noch mehr als aus dem Gleichgewicht gebracht hat. Aufgrund finanzieller Einbußen und der Angst um alles, was er hatte, konnte er kaum noch einen klaren Gedanken fassen. Dieter stürzte sich in die Alkoholsucht. Neben den seelischen Beschwerden kamen noch körperliche Symptome wie Übergewicht, Durchblutungsstörungen, Herz- und Kreislaufbeschwerden und viele andere hinzu.

Irgendwann sagte Dieter zu einem guten Freund: „Es ist doch sowieso schon alles egal. Ich weiß nicht, wie es weitergehen soll und habe Angst vor der Zukunft.“

Der Freund von Dieter hat seinem Freund den Kopf gewaschen, als er ihm erwiderte: „Es ist gar nichts egal. Du wirst diese Krise überstehen. Hör auf, Angst zu haben.

Nimm Dein Leben selbst in die Hand. Ich werde Dir dabei helfen, dass Du mit auf meiner Baustelle hilft und ein ordentliches Gehalt dabei verdienst. Hör aber auf mit dem Trinken und Dich selbst zu zerstören!“ Dieter hat es, Dank der Hilfe seines Freundes, geschafft, nicht im Selbstmitleid zu verharren. Stattdessen packte er sein Leben selbst an und ist heute mehr denn je glücklich, auf dem Bau mitzuhelfen.

So hat er jede Menge aus der Krise gelernt und kann jetzt auch sein eigenes Haus cleverer denn je renovieren.

Du siehst: Es lohnt sich immer, sein Urvertrauen zu finden. Welche Vorteile aber bringt es mit sich, wenn Du Dich selbst seelisch stärken wirst und der Komfortzone dabei entfliehst?

In dieser Übersicht findest Du ein paar Ideen, die auch für Dich zutreffen können. Nicht selten finden wir bei mangelnder Selbstliebe Probleme bzw. Symptome:

- Finde mehr Klarheit für Deinen Alltag. Mit einem gesunden Urvertrauen wirst Du mehr Spaß am Job haben und hinter dem stehen, was Du täglich leistest. Das, was man im Leben tut, sollte man mit Herzblut und Leidenschaft anpacken. Ist das bei Dir der Fall?

- Wer innerlich stark und mit sich im Reinen ist, wird jede Krise besser überstehen. Mit einem gesunden Urvertrauen kannst Du Todesfälle, den Verlust des Arbeitsplatzes oder eine Veränderung im privaten Leben (zum Beispiel Trennung) besser verarbeiten. Das Paradoxe ist aber, dass wir gerade oft durch solche Schicksalsschläge am meisten lernen und Urvertrauen gewinnen. Krisen machen also stark.

- Vermeide es, dass körperliche Beschwerden wie Schlafstörungen, Konzentrationsschwäche, Kopfschmerzen oder Magen- und Darmprobleme nur deshalb ausbrechen, weil Du seelisch leidest und Dein Urvertrauen schon lange auf der Strecke bleibt. Viele körperliche Beschwerden sind rein darin begründet, wenn es Deiner Seele nicht gut geht. Yin und Yang gehören einfach zusammen.

- Wusstest Du, dass dann, wenn das Vertrauen gegenüber Dir selbst fehlt, schnell Depressionen, Ängste, Zwangsstörungen und viele weitere Beschwerden entstehen können, die seelischen Charakter mitbringen? Täusche Dich nicht: Die

Seele ist der Spiegel Deiner Persönlichkeit. Noch dazu bieten mentale (psychosomatische) Symptome den besten Nährboden von körperlichen Beschwerden. Nicht selten entstehen Kopfschmerzen, Verdauungsprobleme und Co vor allem dann, wenn Du mit Dir selbst nicht im Reinen bist.

- Wusstest Du, dass bei einem Mangel von Grundvertrauen sich sehr oft toxische Menschen in Dein Leben schleichen, die Dir nicht guttun? Mehr als häufig werden Menschen mit mangelndem Selbstwert schamlos ausgenutzt. Wenn Dir dies klar wird, dann fühlst Du Dich oft noch schlechter als zuvor. Der Abwärtsstrudel beginnt rasant. Wenn das Urvertrauen immer mehr schwindet, weil Du Dich nicht mit den richtigen Menschen im Leben einlässt, ist oft der Rat des Profis gefragt.

- Oft werden Leute mit mangelndem Selbstvertrauen nicht nur seelisch ausgenutzt, sondern auch manipuliert und für Zwecke instrumentalisiert, die alles anderen als gut sind. Ein Beispiel dazu: Bei Pia ist das Urvertrauen massiv gestört. Sie sucht einen Mann, der sie liebt. Irgendwann lässt sie sich mit Michael ein und hofft, dass er ein solider Partner ist, was leider nicht der Fall ist. Schnell lässt sich Pia dazu missbrauchen, sich um die Familie und Kinder von Michael zu kümmern, obwohl das gar nicht ihre Aufgabe ist. Kaum zu glauben: Es gibt viele Fälle, in bei denen sogar die Prostitution daraus entsteht, weil Frauen kein Urvertrauen besitzen und sich von Männern abhängig machen. Sie werden massiv ausgenutzt.

- Wer sein Urvertrauen verloren hat, der opfert sich nicht nur selbst auf. Meist geht damit ein massiv selbstzerstörerisches Verhalten einher. Es entsteht oftmals sogar die Alkohol- und Nikotinsucht oder eine Abhängigkeit von Drogen und Medikamenten. Auch Essstörungen wie Magersucht. Adipositas (Fettleibigkeit) oder Bulimie hängen oft mit mangelndem Urvertrauen zusammen.

- Die soziale Komponente ist bei mangelnder Selbstliebe mit am größten, was zu einer großen Belastung für die Betroffenen werden kann. Schnell kann es zu Diskriminierung führen, wenn das soziale Umfeld nicht passt.

Dies ist nur ein kleiner Auszug, was alles passieren kann, wenn das Urvertrauen von der Pike auf nicht gesund ist.

Im Umkehrschluss kannst Du nur gewinnen, wenn Du endlich damit beginnst, das Grundvertrauen in Dir zu entdecken. Dadurch wirst Du nicht nur Krankheiten vielseitiger Natur in den Griff bekommen, sondern auch Deine soziale Kontaktfähigkeit verbessern.

Wer mit sich selbst im Reinen ist, ist in der Lage dazu, den Job auszuüben, der Spaß macht. Wer weiß, dass er Krisen meistert und Selbstvertrauen besitzt, ist in der Lage dazu, das Leben als Großes und Ganzes zu betrachten.

Diese Leute zerbrechen nicht gleich, wenn etwas nicht so klappt, wie es sein soll. Wer also lernt, das Leben aus der großen Vogelperspektive zu betrachten und sich nicht selbst immer so ernst zu nehmen, wird seine Selbstliebe steigern. Kurzum:

Wenn Du aktiv an Dir arbeitest, Deinen inneren Seelenfrieden zu finden, dann wirst Du Deinen kompletten Alltag bereichern. Wer sich selbst vertraut, geht tragfähige Beziehungen ein, die ihm guttun und nicht schaden.

Zudem können alle Leute, die mit sich selbst zufrieden sind, glücklich Sport betreiben und sich mit Freunden treffen, die das Leben bereichern.

Der Synergie-Effekt von Menschen, die ein gesundes Grundvertrauen besitzen:

Wer mit sich selbst im Reinen ist, geht achtsam und liebevoll mit sich selbst um. Er lernt, einmal Nein zu sagen, wenn er keine große Lust auf eine bestimmte Sache hat. Zudem sind Leute, die ein gesundes Selbstbewusstsein besitzen, durchaus oft von Menschen umgeben, die ihnen guttun.

Diese Personen lachen öfter als andere und sind unter Umständen sogar gute Entertainer in Gruppe. Dass sich der Beliebtheits-Grad bei selbstsicheren Menschen erhöht, liegt sehr nahe. Schließlich ist das innere „feeling good" oft damit verbunden, ob wir uns gemocht und geliebt fühlen oder nicht. Menschen, die mit sich hadern, viel schimpfen oder innerlich von Unzufriedenheit fast schon zerfressen sind, leben oft einsam und zurückgezogen.

Der Kreislauf der Abwärtsspirale ist schnell in Gange, wenn sich Leute nicht in Ihrer seelischen Mitte bewegen und Ihr Urvertrauen nicht finden. Im Umkehrschluss fühlen sich selbstsichere und in sich ruhende Menschen schnell noch besser, weil sie die richtigen Menschen in ihr Leben ziehen. Sie finden Spaß an dem, was sie tun und lachen, wenn sie durch den Alltag marschieren. Dadurch sind sie stets erfolgreich, anerkannt, glücklich und fühlen sich gesellschaftlich gemocht und geliebt. Du siehst: Es lohnt sich, dass auch Du Dich dafür stark machst, Dein inneres Urvertrauen zu finden.

Schon jetzt wünsche ich Dir bei der Umsetzung all Deiner Ziele und Visionen: Viel Freude und Erfolg.

Du schaffst alles, wenn Du es möchtest, wenn Du Dich nur stark genug dafür engagierst.

Zum Schluss eine kleine Übung in Form einer Notiz zum Mitmachen:

Warum ist jede persönliche Notiz im Buch für Dich wichtig?

Wer schreibt, der bleibt. Nichts ist so individuell wie das Leben von uns Menschen. Die Tatsache, warum genau Du dieses Buch in Deinen Händen hältst, ist Dir sicher jetzt sofort bewusst. Schreibe Dir jetzt auf, warum es sich FÜR DICH PERSÖNLICH besonders lohnt, Dich dafür einzusetzen, Dein Urvertrauen zu finden.

Durch die schriftliche Aufzeichnung manifestiert (verfestigt) sich alles, was Du Dir vornimmst. Außerdem sind Vorsätze, die Du nicht sofort aktiv umsetzen wirst, wie Schecks, die auf eine Bank ausgestellt sind, auf der Du kein Konto unterhältst. Den größten Mehrwert aus diesem Buch ziehst Du dann, wenn Du jetzt gleich ins Doing kommst.

Alles, was Du an Weisheiten, die Du aus diesem Ratgeber gewinnst, nicht innerhalb der nächsten 72 Stunden ausprobierst, wird verpuffen. Möchtest Du wirklich mit diesem Buch ein Strohfeuer erleben, das schnell entfacht und wieder erlischt?

Aus diesem Grunde lohnt es sich, dass Du Dir jetzt speziell auf Dein Leben betrachtet Gedanken darüber machst, warum Du Deinen inneren Seelenfrieden finden möchtest. Nimm Dir dazu ein paar Minuten Zeit. Denke daran: Es geht um Dein, um Dein wertvolles, Leben!

Schreibe Dir nun alles auf, warum Du Deine Lebensqualität steigern möchtest. Meine Notizen, warum ich mein Urvertrauen finden will:

Das Wichtigste in Kürze:

Jeder Mensch gewinnt auf eine ganz andere Art und Weise, wenn er sein Urvertrauen findet. Während manche Menschen einen Mehrwert im Job daraus ziehen, lösen sich andere von toxischen Menschen im privaten Bereich.

Krankheiten entstehen oft nur dadurch, dass wir innerlich nicht mit uns im Reinen sind. Egal, ob körperliche Beschwerden wir Kopfschmerzen, Magen- und Darmprobleme und Co oder seelische Erkrankungen: Es nützt Dir in jedem Falle, zu Deinem Urvertrauen zurückzufinden.

Führe ein Leben mit mehr Selbstbewusstsein und -liebe. Übernehme Verantwortung für Dein Leben. Sei Dir dessen bewusst, dass Du selbst Deines Glückes Schmid bist. Akzeptiere, dass es in jedem Leben Krisen zu bewältigen gibt.

Den größten Nutzen aus diesem Buch wirst Du ziehen, wenn Du alles mitschreibst, was für Dich wichtig ist.

So wird dieser Ratgeber zu Deinem ganz persönlichen Buch. Es lohnt sich, der Komfortzone zu entfliehen. Zeige, dass Du Deinen Leben einen Neuanfang schenkst. Dieser Neuanfang ohne Schulzuweisungen und Zweifel lohnt sich auch für Dich – garantiert.

3. Traumata und Urvertrauen – entdecke, welche Kraft in Dir steckt

„Auch eine Reise über tausend Meilen beginnt mit einem ersten Schritt"

-Weisheit von Lao-Tse-

Findest Du, dass Du nicht innerlich mit Dir im Reinen bist? Trägst Du eine Sache mit Dir herum, die tief in Dir verborgen ist und über die Du nicht gerne sprichst? Suchst Du immer noch Deinen Weg, der zu Dir selbst führt?

Denkst Du Dir oft, dass Du einen inneren, blinden Fleck hast, der für den Rest der Menschheit verborgen bleiben soll? Zugegeben: Das sind jetzt sehr viele Fragen auf einmal.

Viele Menschen suchen ein Leben lang nach Antworten, warum sie leben und weshalb bestimmte Situationen in ihrem Alltag vorgefallen sind. Haben bestimmte Ereignisse, die in Deinem Leben passiert sind, gar mit dem Urvertrauen zu tun?

In diesem Kapitel findest Du ein paar Fakten über Traumata, die Selbstverwirklichung, eine Therapie, die Du als Selbstcoaching anwenden kannst und vieles mehr, was Dir dabei hilft, Dein Urvertrauen neu zu finden.

Traumata und die Vergangenheit

Das Leben ist oft eine seltsame Fahrt in einer Achterbahn, deren wir Ausgang wir alle nicht kennen. In der Hektik des Alltags hetzen wir oft von einem Termin zu anderen. Der Stress im Leben nimmt in allen Gesellschaftsschichten zu. Dieser Lauf im Hamsterrad hält uns sehr oft davon ab, genauer hinzusehen, wenn es um vergangene Ereignisse geht.

Die Volkskrankheit Depression ist in allen Ländern das, was die Menschen beschäftigt – und zwar egal, wie alt sie sind. Doch Gewalt oder seelischen sowie sexuellen Missbrauch sehen wir oft in allen Menschengruppen und auf dem ganzen Globus.

Die Vergangenheit sollte jeder, so nach Meinung vieler Experten, irgendwann einmal aufarbeiten.

Das bedeutet aber, dass Wunden aufgerissen werden und dies erst einmal als großer Schmerz empfunden wird. Dennoch ist es für die meisten Leute der beste und letztendlich auch erfolgreichste Weg, sich der Vergangenheit mit allen Konsequenzen zu stellen.

Nur dieser Weg hilft, um mit positiven Gedanken in die zu Zukunft blicken.

Expertentipp:

Scheue Dich bitte niemals, die Hilfe des Profis zu suchen. Ich möchte Dir hiermit Mut zusprechen, Dich nicht zu schämen, den Therapeuten,

Psychologen oder andere Hilfe in Anspruch zu nehmen.

Es steht mir natürlich in keinem Falle zu, bestimme Situationen zu bewerten, die Menschen im Laufe ihres Daseins erleben. Die Unterstützung von einem Therapeuten, Coach oder anderen Experten kann in jedem Falle dabei helfen, Traumata oder andere Krisen zu bewältigen. Dennoch sind die Ratschläge, die in den folgenden Kapiteln folgen, für viele Menschen ein richtiger Weg, sich ohne chemische Arzneimittel mental zu stärken.

Zudem ist die Methode, die Du selbst nach Deinem Gefühl als gut befindest, immer noch die beste, um Dich zu therapieren. Stehe hinter Deiner Entscheidung, die Du aus dem Bauch heraus triffst. Selbst bei einer Fehlentscheidung ist es gut, neue Erkenntnisse zu gewinnen, die Dich immer weiterbringen in Deinem Leben.

Kennst Du folgendes Zitat eines unbekannten Verfassers? Es lautet wie folgt:

„Der erste Schritt führt dich nicht zum Ziel, aber er führt dich weg von deinem Ausgangspunkt“

Denke daran: Krisen gehören zu jedem Leben mit dazu. Schäme Dich nicht dafür, bestimmte Dinge falsch angepackt zu haben. Denke daran, dass es aus jedem Schlamassel eine Lösung gibt – auch wenn der Weg oft schwierig ist.

Die Tatsache, dass Du vielleicht in der aktuellen Lage Dein Urvertrauen verloren hast bedeutet niemals, dass dieser Zustand so bleiben muss. Mit Hilfe Deiner Mitmenschen und vor allem durch Dein aktives Zutun kannst Du Dein Leben wieder in eine andere Richtung lenken. Sogar Traumata lassen sich überwinden, wenn Du den Tatsachen ins Auge blickst und an Dir arbeitest.

Folgendes Beispiel zeigt Dir, dass jeder Mensch oft belastbarer ist, als er es sich vorstellen kann:

Mario ist 28 Jahre alt und leidenschaftlicher Motorradfahrer. Eines Tages, an einem wunderschönen Tag im Frühling, freut er sich sehr, eine Spritztour zu unternehmen.

Seine Freundin Isa sagt noch, als sie sich von Ihrem Schatz verabschiedet: „Pass bitte gut auf Dich auf."

Mario fährt einen Pass in den Bergen, als es plötzlich zu regnen beginnt. Da er in diesem Jahr noch nicht sehr oft auf seinem motorisierten Bike gesessen hat, ist er noch ungeübt.

Er kommt von der Straße ab.

Mario stürzt die Böschungen hinab und wird erst ein paar Stunden nach dem Unfall von einem anderen Autofahrer gefunden.

Als der junge Mann aufwacht, weiß er nicht, wie ihm geschieht. Seine Freundin Isa sitzt mit sorgenvollem Blick bei ihm am Bett einer Klinik.

Mario sieht das Blinken von medizinischen Geräten, die er nicht kennt. Mit unsicherer Stimme fragt er seine Freundin: „Was ist passiert?"

Isa antwortet ihrem Schatz: „Du hattest einen schweren Motorradunfall und bist soeben aus dem künstlichen Koma aufgewacht. Gott sei Dank hast Du alles überlebt…“

Doch Mario spürt augenblicklich, dass etwas nicht ganz in Ordnung ist.

Isa sagt ihm mit leiser Stimme: „Du hast leider Deinen ganzen Unterschenkel verloren. Das Bein war nicht mehr zu retten, doch ich bin so froh, dass ich Dich habe und Du wieder bei mir bist.“

Mario kommen Tränen in die Augen.

Etwas unsicher greift er nach seinem Bein. Er merkt, dass nur noch das linke Bein vollständig unter der Decke im Krankenbett zu ertasten ist. Schnell gehen ihm zahlreiche Fragen durch den Kopf wie: „Was ist jetzt nur mit meinem Job als Monteur auf der Baustelle? Wird mich Isa gar verlassen, wenn ich ein Krüppel bin? Werde ich jemals wieder ein normales Leben führen können? Was ist, wenn ich nie wieder richtig laufen kann?“

Nach psychologischer Betreuung und zahlreichen Behandlungen entscheidet sich Mario für eine Prothese, die auf ihn zugeschnitten ist.

Er hadert dennoch mit seinem Schicksal und weiß, dass er eine Umschulung in Kauf nehmen muss, um wieder ein halbwegs normales Leben zu führen. Nach vielen seelischen Auf und Abs kann er es kaum glauben, auf der Straße unachtsam gewesen zu sein.

Isa steht zu ihm, dennoch sagt er eines Abends zu seiner Freundin: „Weißt Du, es gibt ein klares Vorher und Nachher. Von einem Moment im Leben ist nichts mehr so, wie es einmal war.“ Isa sagt zu ihm: „Ja, aber ich stehe zu Dir. Denke daran, was Du hast und nicht das, was Dir fehlt. Du hast eine Umschulung zum Bürokaufmann gemeistert, ich liebe Dich und an die Prothese gewöhnst Du Dich auch langsam. Außerdem hast Du keine fremden Personen verletzt, was noch viel schlimmer wäre. Dann hättest Du vielleicht noch ein Verfahren am Hals. Dein Geist ist klar und es liegt an Dir und an uns, was wir in der Zukunft aus unserem Leben machen. Ich stehe Dir bei und möchte aber, dass Du für eine positive Einstellung kämpfst und Dich nicht hängen lässt.“

Mario schafft es nach und nach, das Gute am Schlechten zu sehen.

Dank Unterstützung einer Reha und psychologischer Betreuung und vor allem durch seine Familie geht es ihm nach und nach besser.

Er lernt einen Prothesenbauer kennen, mit dem er sich oft austauscht, welche Art der Prothese für ihn richtig ist. Gemeinsam baut er mit ihm eine Webseite auf und kümmert sich um Opfer von Unfällen, die schwer mit ihrem Schicksalsschlag zu kämpfen haben.

Nach weiteren 3 Jahren schafft es Mario, wieder Fahrrad zu fahren und kann sogar befreit lachen. Seine Freundin Isa ist schwanger und die beiden freuen sich sehr, gemeinsam durch eine sehr schwere Zeit gekommen zu sein. Als Mario ihr einen Heiratsantrag macht, sagt er: „Wir zwei sind ein tolles Team. Mit Dir will ich alt werden, weil Du mich so liebst, wie ich bin!“

Schicksalsschläge und Traumata schweißen zusammen!

Der Fall von Mario ist nicht selten. Durch Krisen werden Menschen zusammengeschweißt und wissen, dass es verbindet, gemeinsam zu kämpfen. Übrigens besagen auch die sieben Säulen der Resilienz, die in diesem Ratgeber noch detaillierter vorgestellt werden, dass man von „Opfer zum Täter“ werden muss, um Schicksalsschläge zu meistern.

Dazu gehört auch, aus der Passivität zu entfliehen uns selbst aktiv zu werden.

Traumata, seelische Verletzungen, Schuldzuweisungen und Urvertrauen hängen sehr eng zusammen – warum?

Wie Du an dem Beispiel von Mario erkennst, hat auch er sich Zeit genommen, um das Traumata zu überwinden. Immer wieder sah er die Bilder vor seinen Augen, wie er vor der Fahrbahn abgekommen ist.

Noch heute, viele Jahre später, kann er kein Motorrad mit gutem Gewissen auf der Straße sehen, ohne an seinen Vorfall zu denken. Egal, ob es um seelischen Missbrauch, um Selbstvorwürfe oder andere, schwere Schicksalsschläge geht: Nimm Dir Zeit dafür, alles, was vorgefallen ist, in Ruhe zu verarbeiten. Das kann oft Jahre oder gar Jahrzehnte andauern, bist Du lernst, die Dinge so zu akzeptieren wie sie sind. Bitte verharre nicht in der Vergangenheit, sondern denke an die Zukunft.

Je eher Du Dein Schicksal annehmen kannst, desto besser. Höre aber auf Dich und Deine innere

Stimme. Das, was Dir Dein inneres Kind, also Deine tiefen Emotionen, zuflüstern, das solltest Du nicht verdrängen, sondern ernst nehmen. Das heißt: Weine, wenn Du traurig bist. Schrei Dir Deine Wut vom Leibe, wenn Du wütend bist. Spiele für andere (und für Dich selbst) nicht den Starken oder die Starke, weil Du funktionieren möchtest. Egal, wie schlecht es Dir geht: Es kommen auch wieder bessere Zeiten.

Der Blick aus der Vogelperspektive hilft vielen Menschen, durch schwere Zeiten zu kommen

Fehler gehören zu jedem Leben mit dazu. Bitte zerbreche nicht an Schuldzuweisungen und versuche, das Leben als Großes und Ganzes zu betrachten.

Wusstest Du, dass viele sehr große Persönlichkeiten wie die Künstlerin Adele, Mahatma Gandhi, der erfolgreiche Coach Robert Betz oder auch der Börsen-Guru Warren Buffet alle schon sehr schwierige Zeiten im Leben hatten?

In diesen wussten auch diese bekannten und sehr erfolgreichen Menschen nicht, wie es weitergehen würde. Sie waren depressiv, finanziell am Ende oder hatten andere, wirklich schwere Zeiten, die ihnen heute keiner zuschreiben würde. Stattdessen werden viele Stars mit bester Laune gefeiert und als Vorbilder betrachtet, die man nie vergisst.

Du siehst: Vor allem die Menschen, die auf uns sehr stark und geerdet wirken, haben schwere Tiefs hinter sich gebracht. Nur durch diese sind sie heute die Menschen, die viele Bewunderer haben.

Der Blick, auch Dein Leben aus einer Vogelperspektive zu betrachten, hilft sicherlich auch Dir, Hürden zu nehmen und an das Gute zu glauben.

Fazit aus diesem Kapitel:

Bitte denke nur an die Vergangenheit, wenn es der Zukunft dienlich ist. Werde vom Opfer zu einer Person, die ihr Leben selbst in die Hand nimmt. Denke im Großen und Ganzen und verharre niemals in Schuldzuweisungen und Selbstvorwürfen. Es macht in den allermeisten Fällen aber durchaus großen Sinn, schwere Traumata aufzuarbeiten und sich Hilfe zu holen.

Wer auf Dauer verdrängt und nur funktioniert, kann dies oft bitter bereuen. Nicht selten werden missbräuchliche Aktionen erst viele, viele Jahre später aufgedeckt. Verdrängung ist also garantiert nicht der richtige Weg, mit Schicksalsschlägen umzugehen. Es ist in der heutigen Zeit keine Schande, einen Therapeuten in Anspruch zu nehmen.

Es wäre vielmehr eine Schande, es nicht zu tun. Was spricht dagegen, Dir ein paar Vorbilder zu suchen, die es geschafft haben, wirklich schwere Krisen zu überstehen?

Egal, ob Du in Deinem Bekannten- oder Familienkreis Leute zum offenen Gespräch suchst oder ob Dir andere Vorbilder (vielleicht sogar Coaches oder Prominente) helfen, Dein Leben zu ordnen: Der Dialog mit resilienten Leuten hilft vielen Opfern, der Opferrolle zu entkommen. Glaube an Dich und an die Kraft, die in Dir steckt. So wirst auch Du Dein Vertrauen gegenüber Dir selbst bald wieder zurückgewinnen. Schon jetzt wünsche ich Dir dabei: viel Erfolg! Glaube versetzt Berge.

„Wer sich seiner Fehler schämt, macht sie zu Verbrechen“

-Weisheit von Konfuzius-

4. Loslassen – ein Zauberwort für mehr Selbstliebe

„Was hilft aller Sonnenaufgang, wenn wir nicht aufstehen?"

-Zitat von Georg Christoph Lichtenberg–

Das Loslassen ist gerade dann, wenn Dein Vertrauen massiv missbraucht wurde, nicht immer sehr einfach. Auch Dir selbst zu verzeihen ist sicherlich kein Spaziergang, vor alle, dann, wenn die zu tragenden Konsequenzen schwer sind. Dennoch lohnt es sich in jedem Falle, Dich so richtig ins Zeug zu legen, wieder Vertrauen zu finden. Übernehme Verantwortung für Dich und für Dein Leben.

Dauerhaftes Misstrauen ist zwar eine Schutzreaktion des Menschen, um zu verhindern, enttäuscht zu werden oder eine Gefahr einzugehen, bringt Dich aber niemals weiter. Misstrauen macht auf Dauer jedes Menschenlieben kaputt.

Es ist also mit dem Vertrauen wie mit allem im Leben: Der goldene Mittelweg wird auch Dich ans Ziel bringen. Den Zwiespalt, den anderen Leuten mit Skepsis oder Vertrauen zu begegnen muss jeder von uns meistern.

Mit dem Urvertrauen gegenüber Dir selbst sieht es schon anders aus: Denke daran, was Du schon alles geschafft hast und besinne Dich Deiner Stärken. Wer sich auf Dauer selbst misstraut oder mit sich hadert, kann niemals ein befreites Leben führen.

Doch warum ist Vertrauen im Job und im privaten Leben überhaupt so wichtig?

Egal, ob in beruflicher oder privater Hinsicht: Wer niemandem mehr vertraut, wird kaum Erfolge feiern. Schließlich kommunizieren die meisten Menschen im privaten und beruflichen Leben, damit Sie im Miteinander ein Ziel erreichen. Das hilft uns, bestimmte Lebensziele zu schaffen und erfolgreich zu sein. Nur durch ein gesundes Urvertrauen ist ein sorgenfreies Leben überhaupt möglich.

Das gilt auch für das Vertrauen, das Du Dir selbst schenken solltest. Viele Unternehmen fördern in Schulungen die Kommunikation der Mitarbeiter untereinander. Wer hier dem anderen nachhaltig misstraut, wird kaum effektiv und zielgerichtet arbeiten können.

Durch das gesunde Vertrauen werden nämlich Prozesse beschleunigt, was auch in der Welt im Job dabei hilft, die Wettbewerbsfähigkeit des Unternehmens zu aktivieren. Auch im privaten Bereich kommen wir im Miteinander leicht als im Gegeneinander durch den Alltag.

Obwohl Misstrauen in gesundem Ausmaß durchaus einen Selbstschutz darstellt, ist es bei extremer Ausprägung für Dich schädlich. So solltest Du im Idealfall herausfinden, von welchen Menschen Du Dich abgrenzen musst, um Dir selbst einen Gefallen zu erweisen.

Loslassen ist also immer wieder, völlig zurecht, ein Zauberwort, das Dir dabei hilft, Dein Urvertrauen wieder zu finden. Doch wie kannst Du lernen, Dich von toxischen Menschen oder Situationen loszusagen, die Dir nicht guttun?

In folgender Übersicht stelle ich Dir vor, wie Du Dir selbst hilft und lernst, „Nein“ zu sagen:

– Überlege Dir genau, welche Menschen Du um Dich hast, die Dir nicht guttun. Am besten schreibst Du Dir gleich einmal auf, warum dies der Fall ist und wann Du Dich ausgenutzt fühlst. Im nächsten Schritt geht es darum, Dich von diesen Seelenvampiren zu trennen und jeglichen Kontakt zu ihnen zu vermeiden, so gut es möglich ist.

– Welche Situationen belasten Dich, wenn Du an Deine Vergangenheit denkst? Fühlst Du Dich zum Beispiel als geschiedene Ehefrau immer schlecht, wenn Du am Standesamt vorbeiläufst? Erinnert Dich genau diese Situation stets an das Eheleben, das mehr schlecht als recht war? Damit Du Dein Vertrauen wieder gewinnst ist es hilfreich, solche für Dich belastende Situationen zu vermeiden. Orte, die bei uns negative Emotionen auslösen, sind alles andere als gut für Deine Nerven.

– Lässt Dich auch Du immer wieder dazu breitschlagen, bestimmten Bekannten oder Freunden zu helfen, die Dir aber nie etwas von Deiner Hilfsbereitschaft zurückgeben? In diesem Fall kannst Du Dir einmal genau überlegen, ob diese Beziehungen ausgewogen sind oder nicht. Wer immer nur von Dir nimmt, der sollte keinen Stellenwert mehr in Deinem Leben haben. Löse Dich von toxischen Menschen, die es nicht gut mit Dir meinen.

– Wie gerne übst Du Deinen Job aus? Hast Du überwiegend Spaß an dem, was Du täglich machst? Psychologen sagen, dass jedem Menschen sein Beruf zu ca. 70 % Spaß machen soll, damit er Selbstvertrauen gewinnt und mit Spaß arbeitet. Wer sein daily business mehr als Belastung und Mittel zum Zweck sieht, um nur Geld zu verdienen, sollte schleunigst an dieser Situation etwas verändern.

Denke daran: Wir Menschen verbringen oft mehr Zeit im Büro als im eigenen Heim. Wer sich dabei nicht überwiegend wohlfühlt, handelt gegen sein Gefühl.

– Sich aus toxischen Liebesbeziehungen loszusagen ist mit eine der schwierigsten Aufgaben, die es zu meistern gilt. Doch letztendlich werden Dir narzisstische (sehr egozentrische, selbstverliebte) Partner nur Deine Kraft rauben. Diese Seelenvampire gilt es loszuwerden – und zwar so schnell wie möglich. Je eher Du Dich trennst, desto besser. Manchmal ist ein hartes Schicksal und der Weg zur Veränderung die einzige Methode, einen sinnvollen Neuanfang anzugehen. Es gibt ca. 5 % - 15 % Narzissten oder Psychopathen auf unserem Globus. Ein friedliches Miteinander und Zusammenleben ist mit diesen toxischen Menschen nicht möglich. Sie rauben Dir Dein Selbstvertrauen und werden Dich auf Dauer schädigen. Möchtest Du das wirklich?

– Mit einem freundlichen „Nein" gegenüber lästigen Nachbarn und Kollegen erntest Du meist mehr Respekt als Du denkst. Wer freundlich und klar bei sich selbst bleibt und seine Gefühle und Wünsche zum Ausdruck bringt, wird durch ein „Nein" andere nicht verletzen oder brüskieren. Wichtig ist es, sachlich, fair und höflich zu bleiben.

– Loslassen kann man nicht immer alle Familienmitglieder oder Kollegen, die toxisch sind und die Energie aus den Menschen ziehen. Wenn Dir zum Beispiel ein bösartiger Chef immer wieder begegnet, um Dich zu traktieren, kannst Du die berufliche Beziehung nicht vermeiden. Dennoch ist es möglich, Distanz zu wahren. Je mehr Du von toxischen Menschen, die zu Deinem Alltag gehören,

Abstand bewahrst und Dich distanzierst, desto besser. Also: Beschränke den Kontakt auf das Minimum, damit Du Deinen Seelenfrieden findest.

– Loslassen bedeutet auch, Dir Deine Schwächen zu verzeihen. Denke nach Fehlern nicht „Warum war ich nur so dumm, mich nicht anders zu verhalten?“, sondern „Fehler machen wir alle. Ich lerne daraus und mache es beim nächsten mal besser.“ Positive Gedanken und Worte gegenüber Dir selbst stärken Dein Selbstbewusstsein und damit auch Dein Urvertrauen.

An diesen Ideen siehst Du: Das Loslassen können wir alle lernen. Zudem ist es sinnvoll, jeden einzelnen Tag an Deinem Leben möglichst zahlreiche positive Gedanken zu finden. Dies hilft Dir, Negativität loszuwerden und Dich auf das zu besinnen, was in Deinem Alltag gut läuft.

Tipps, wie Du negative Gedanken und Handlungen in Positives umwandelst:

1. Sage Dir nicht: „Schon wieder einmal dieser dumme Kunde, der mich einfach nur nervt.“

Denke stattdessen: „Dieser Kunde ist schwierig. Doch ich liebe Herausforderungen. Ich übe an ihm, dass er mir niemals zu Nahe treten wird. Die meisten Kunden sind ohnehin sehr nett zu mir. So werde ich mich nicht an diesem komischen Typen aufziehen und mir dabei selbst schaden.“

2. Denke Dir nicht: „Immer lasse ich mich auf die falschen Männer ein. So kann das ja nie etwas werden, dass auch ich einmal eine erfüllte Partnerschaft genießen werden. Jetzt habe ich die Nase voll und ziehe mich vollkommen zurück von

der Männerwelt“

Was ist besser? Sage Dir innerlich: „Bisher hatte ich Pech mit Männern. Aber ich gebe nicht auf, denn der Richtige kommt schon noch - auch zu mir. Dieser muss mich erst einmal erobern, weil ich weiß, dass ich liebenswert bin. Trotz meiner Schwächen bin ich so, wie ich bin, O.K.“

3. Folterst Du Dich selbst mit Sätzen wie: „So ein Mist. Jetzt habe ich im Fußballspiel den größten Fehler gemacht und wir haben ein Gegentor kassiert. Das war nur mein Fehler...! Und jetzt haben wir wegen mir verloren und werden vielleicht sogar absteigen.“

Denke Dir stattdessen: „Das war unachtsam von mir, dass ich nicht aufgepasst habe. Doch wir alle machen Fehler. Ich hake dieses Spiel jetzt ab und nehme den Trost meiner Mitspieler an. Noch einmal passiert mir das nicht, dass ich in der Abwehr nicht aufpasse.“

4. Sagst Du Dir heute „Ich bin wirklich viel zu dick und hässlich?“

Besser ist es, zu sagen: „Ich bin nicht so schlank wie andere, aber dennoch liebenswert. Ich lache jetzt und werde mir eine Diät heraussuchen, die zu mir passt. “

5. Hast Du wieder Zoff mit Deiner Partnerin, die Dir an den Kopf wirft: „Du bist wirklich unmöglich und Deine Kneipentouren nerven mich total. Diese Alkohol-Aktionen mit Deinen Freunden werde ich nicht länger dulden...!“

In dieser Situation ist es besser, in Ruhe einmal über die Vorwürfe nachzudenken. Sind sie berechtigt oder nicht? Liebst Du Deine Partnerin und wäre es möglich, sie mehr in Deinen Alltag zu integrieren? Woran liegt es, dass Du häufig mit Deinen Freunden um die Häuser ziehst, um Dich zu betrinken? Wer der Ursache auf den Grund geht und aus Liebe Kompromisse eingeht, ist oft gut beraten. Anderenfalls ist die Partnerin vermutlich nicht die richtige Frau an Deiner Seite.

Du siehst: Loslassen ist ein Zauberwort, das wir in vielen Lebenssituationen täglich neu erlernen können. Jetzt lade ich Dich ein dazu, Dir ein paar persönliche Notizen zu machen, wann Du loslassen möchtest. Je klarer Du die Lage beurteilst, desto großer stehen die Chancen auf eine erfolgreiche Veränderung, die auch Dich in Deinen Alltag ein großes Stück nach vorne bringt.

Meine Notizen. Hier lasse ich los...

Urvertrauen zurückgewinnen

Denke daran: Wer schreibt der bleibt.

Lerne, auf Deine innere Stimme zu hören. Pfeif auf das, was andere sagen. Stattdessen darfst Du in dieser Übung nur auf Dich und Dein inneres Kind hören, das Dir sicher das sagt, was aus Deinem Herzen kommt.

Auf den Punkt gebracht:

Loszulassen kann jeder lernen. Nur dann, wenn Du Deine Zweifel loslässt und an das Gute glaubst, kannst Du Vertrauen gewinnen. Sage Dich los von toxischen Menschen im privaten und beruflichen Bereich. Auch Gedanken und Situationen, die Dir mehr schaden als nützen, solltest Du aus Deinem Alltag verbannen. Wer loslässt, hat viele Freiräume, das Gute in sein Leben zu lassen. Akzeptiere, dass Krisen zwar nicht schön sind, dass aber wieder andere Zeiten auf Dich zukommen. An das Vergangene solltest Du nur denken, wenn es Deiner Zukunft dienlich ist. Loszulassen ist zwar nicht an jedem Tag immer gleich leicht – trotzdem ist es der einzige Weg für ein selbstbestimmtes, glückliches Leben. Er erste Schritt ist die Einsicht zu allem, was Du loswerden möchtest. Im nächsten Schritt kannst Du an Dir arbeiten, öfter Nein zu sagen. Damit wirst Du niemanden brüskieren, sondern eher an Respekt gewinnen. Manchmal sind es die vielen und doch so kleinen Schritte, die jeder von uns gehen muss, um glücklich zu werden. Genieße jeden Teilsieg, denn kleine Schritte führen Dich zum Ziel. Schließlich wurde Rom auch nicht an einen Tag erschaffen!

5. Zweifel loslassen – sage STOPP!

„Das Einzige, was eine Person jemals wirklich tun kann, ist, sich weiter vorwärts zu bewegen. Mache diesen großen Sprung ohne zu zögern, ohne einmal zurückzublicken. Vergesse einfach die Vergangenheit und schaff in Richtung Zukunft."

–Zitat von Alyson Noel-

Zweifel sind die bösen Gegner des Vertrauens. Wer zweifelt, der glaubt nicht mehr an das Erreichen seiner Ziele. Ziele und Visionen hingegen sind das A und O, damit Du Dein Selbstbewusstsein entwickelst und voller Selbstliebe lebst.

Ohne Wünsche und Ziele also kaum ein erfülltes Leben. Die bösen Zweifel aber blockieren Dich an Deiner Zielerreichung. Du kannst noch so sehr für Deine Ziele und Visionen kämpfen – der Zweifel hindert Dich an dem Erreichen. Zweifel sind Sorgen, die nicht notwendig sind.

Wer zu stark zweifelt, wird nicht an das Gute glauben. Er blockiert sich dabei, ein selbstbestimmtes und glückliches Leben zu führen.

Warum grübeln die meisten Menschen und sind trotzdem voller Zweifel?

Wenn wir unseren Alltag nur ganz ohne Vorbehalte und Zweifel leben könnten! Wie schön wäre es, wenn wir wie ein freies Kind das Dasein genießen würden, ohne an das Schlechte zu denken. Werden Mann oder Frau wirklich durch ihre Erfahrungen klug? Keine Frage: Die meisten Leute lernen nicht nur durch das Zuhören oder Lesen, sondern vor allem durch die eigenen Erfahrungen.

Allerdings lauern in den gesammelten Lebenserfahrungen auch jede Menge Schwierigkeiten: die Zweifel. Diese holen uns in allen Momenten des Lebens immer wieder ein. Doch nicht nur Selbstzweifel kannst Du überwinden, sondern auch das Misstrauen gegenüber Deinen Mitmenschen.

Zweifel sind Ausreden, die Dich nicht weiterbringen

Zudem verstricken wir uns oft in zahlreichen Zweifeln, die wir als Ausrede benutzen. Ein Beispiel dazu:

Fabian ist 25 Jahre alt und hatte bislang noch keine großen Erfolge bei Frauen. Dennoch sehnt er sich nach nichts mehr, als endlich eine Partnerin zu finden, die mit ihm gemeinsam durch dick und dünn geht. Obwohl Fabian seine Freunde gut zureden mit Sätzen wie „Die Richtige kommt schon noch“ oder „Du bist doch ein hübscher Kerl! Spreche einfach mehr Frauen an, dann wird das schon...“ ist Fabian voller Zweifel.

Aus diesen Zweifeln entstehen Ängste, die ihn noch mehr blockieren, Frauen anzusprechen. Angst wiederum ist niemals ein guter Tipp, wenn Du

Vertrauen ins Leben und zu Dir selbst finden möchtest.

Aus diesen tiefen Zweifeln heraus zieht sich Fabian immer stärker zurück. Dazu kommt die Pandemie, die sein Verhalten in der Einsamkeit zusätzlich befeuert: Fabian geht kaum mehr unter Menschen, hat Angst, Frauen anzusprechen und wird immer mehr zu einem Freak, der sich hinter dem Laptop versteckt.

Er chattet zwar in Flirtportalen mit Frauen, trifft diese aber nie. Schnell ist sie da: Die toxische, virtuelle Welt, die nichts mehr mit der Realität zu tun hat.

Irgendwann einmal sagt er zu sich selbst: „Ich komme mit mir selbst gut klar und finden sowieso keine Frau. Deshalb ist es besser, zu Hause zu sitzen, als sich immer wieder neue Körbe einzuholen. Frauen sind ohnehin alle nur dumme Geschöpfe, die überbewertet werden!“

Diese Ausrede benutzt Fabian mehr denn je, damit er nicht den inneren Schweinehund überwinden muss. So bleibt der junge Mann in seiner Komfortzone, in der er sich gut eingerichtet hat. Ist er aber wirklich nachhaltig glücklich, alleine als Single zu leben? Lernt Fabian dabei das andere Geschlecht kennen? Wird er so den Traum von der eigenen Familie bald schon verwirklichen können?

Es geht an dieser Stelle nicht um Bewertungen. Kein Mensch muss sich von Außen sagen lassen, was richtig oder falsch ist. Fakt ist aber, dass Fabian sich mit seinem Rückzug für das Schöne im Leben blockiert. Wer zu stark zweifelt, verharrt in Angst. Angst wiederum ist niemals erstrebenswert, wenn Menschen das Leben genießen möchten. Angst ist die Ausrede von unberechtigtem Rückzug, der alles andere als förderlich ist. Somit sind Zweifel zwar da, sollten aber als Störfaktor keinen zu hohen Stellenwert einnehmen. Zweifel befeuern Missgunst, Krankheiten, Neid und Depression.

Doch – Zweifel kannst auch Du loswerden

Wie kann es Dir gelingen, STOPP zu sagen?

Zunächst einmal solltest Du die Zweifel als solche wahrnehmen. Zweifel sind manchmal berechtigt, manchmal aber auch nicht.

Nehme die Zweifel als Gedanken in Dir wahr, aber bewerte sie nicht. Bei Fabian kann dies folgendermaßen aussehen: „Ich zweifle gerade an mir, dass ich Erfolg bei Frauen haben kann. Allerdings weiß nicht nicht, woran das liegt. Ich werde mich deshalb nicht selbst in Frage stellen."

Diese Einstellung ist besser, als sich zu sagen: „Es ist doch sowieso schon alles egal. So hässlich, unsicher und dumm wie ich bin, lerne ich niemals eine Frau kennen."

Mit dieser Aussage bewertet sich Fabian extrem negativ. Ob diese Bewertung wirklich richtig ist, sei nun einmal dahingestellt.

Die meisten Menschen sehen keine wahren Gedanken, die der Wirklichkeit entsprechen, wenn sie voller Zweifel stecken. Das STOPP setzt Fabian also damit für sich richtig, damit er selbst keine subjektiven Schlüsse daraus zieht, warum er Single ist. Vielmehr stellt der die Tatsache fest, dass er keine Frauen trifft.

Zudem kannst Du gegenüber den eigenen Zweifeln STOPP sagen, indem Du alle Gedanken, die auf Dich einströmen, kommen und gehen lässt.

Um dies nochmal am Beispiel von Fabian festzumachen, sollte er sich nicht in eine Negativität verstricken wie „Es ist echt schrecklich. Irgendwann einmal werde ich als alter, ungeliebter Mann enden.

Ich lerne niemals die passende Partnerin kennen. Ohnehin ist alles schlecht in meinem Leben. Ich bin immer hässlicher und werde dicker, weil ich nur noch zu Hause sitze. Dadurch werde ich immer unattraktiver.

Bald werde ich bestimmt gar nicht mehr wissen, wie man sich gut kleidet und was einer Frau an mir gefallen könnte. Aber es ist alles schon egal, weil mein Leben irgendwie nur noch aus Arbeit und Herumsitzen besteht.“ Merkst Du, wie sich Fabian in völlig unsachliche und unberechtigte Zweifel selbst hineinmanövriert, ohne es selbst zu merken?

Wie kann Fabian seine Selbstzweifel stoppen?

Im gleichen Leben des jungen Mannes könnte er sich selbst zuflüstern: „Es ist gerade Fakt, dass ich alleine und als Single lebe. Das ist kein schöner

Zustand. Doch ich verbeiße mich jetzt nicht darin. Schließlich habe ich eine tolle Wohnung, einen sicheren Job und gute Freunde, mit denen ich um die Häuser ziehen kann. Vermutlich lerne ich dabei automatisch einmal die richtige Frau kennen, die einen Kerl wie mich auch verdient!“

Worin besteht in dieser Denkweise der Unterschied?

Wer sich in viele, unsachliche Gedanken verstrickt, der schadet sich nur selbst. Nur aus der Tatsache heraus, dass Fabian Single ist, ist nicht gleich automatisch sein ganzes Leben schlecht. Jeder, der alleine lebt, kann an seinem Dasein etwas positives abgewinnen.

Gedanken kommen und gehen. Lasse diese zu. Nimm sie wahr, aber bewerte sie nicht. Ohnehin wünschen sich die meisten Menschen im Leben immer den Zustand, den sie nicht haben. So schätzen Singles nicht ihre Freiheit, sondern hadern mit sich. Verheiratete hingegen würden gern mehr Freizeit für sich haben, ohne sich auf die Liebe der Partnerin im Positiven zu besinnen.

Sollten wir alle aber nicht immer öfter dankbar dafür sein, was wir haben? Stattdessen lamentieren und klagen wir über das, was uns fehlt. Nimm also die Gedanken neutral wahr, ohne ihnen zu viel Raum und Macht einzuräumen. Halte Dich an Deine Wünsche und Träume, anstatt die Zweifel zu stark ins Leben zu lassen. Sei dankbar für das, was Du hast.

2 Tricks, die Du anwenden kannst, wenn Zweifel in Dir entstehen:

1. Stoppe die Kette der negativen Gedanken. Nimm die Zweifel kurz wahr, aber sage Dir innerlich: „STOPP! Du bist ein Zweifel und ich nehme Dich jetzt wahr. Aber ich werde Dich jetzt loslassen und verabschieden. Stattdessen halte ich mich an meine Visionen und Träume, die ich auch erreiche.“ Ärgere Dich also nicht an Deinem Zweifel. Nimm ihn wahr uns lasse den negativen Gedanken wieder gehen. Zweifel sind da, ebenso wie freudvolle Gedanken, die auch wieder verschwinden.

Dennoch verstricken sich viele Menschen an negativen Gedanken mehr als an den positiven. Das sieht man auch daran, dass fast nur Horrormeldungen in den Nachrichten zu finden sind, anstatt über schöne Ereignisse umfangreich zu berichten.

2. Stelle den Zweifel in Frage. Nicht alle Zweifel sind berechtigt. Oft verstricken wir uns in schlechte Gedanken, die aus der Vergangenheit resultieren. Das sieht Du an dem Beispiel von Fabian. Er glaubt nicht mehr daran, Frauen für sich zu gewinnen. Das hat aber faktisch nicht unbedingt etwas mit seiner Person zu tun, sondern mit anderen Gegebenheiten.

Zum Beispiel könnte Fabian in die falschen Kneipen gehen, sich zu stark vom Leben zurückziehen oder aus purer Angst keine Frauen mehr ansprechen. Es muss also keinesfalls mit Fabian als Person zusammenhängen, dass er Single ist. Also: Trainiere

Dich darin, die Zweifel fließen zu lassen und dennoch Deinen Weg zu gehen.

Dir klingt das jetzt zu kompliziert? Folgende Metapher hilft vielen Leuten, negative Gedanken richtig einzuordnen.

Übung mit dem Aufzug:

Viele Psychologen erklären Angstpatienten oder Menschen, die oft stark zweifeln, folgende Übung: Die Fahrt mit dem Fahrstuhl. Sie sieht folgendermaßen aus: Dir geht es schlecht. Die Vergangenheit holt Dich ein. Du bist traumatisiert aufgrund eines Partners, der Dich ausgenutzt, betrogen und angelogen hat. Heute wirst Du besonders an diese Situation erinnert, da Dir ein altes Urlaubsfoto auf dem Smartphone begegnet ist, das Dich jetzt besonders an die miese Vergangenheit erinnert.

Stelle Dir nun vor, Du stehst vor einem Aufzug. Du befindest Dich im Erdgeschoss, auf einem neutralen Platz. Du hast jetzt die Wahl, wie tief Du in den Keller fahren möchtest. Bevorzugst Du es, in den ersten Stock des Untergeschosses zu fahren? Möchtest Du in den fünften, siebten, zehnten oder zwölften Stock in den Abgrund fahren? Wie lange dauert es dann, bis Du wieder ins Erdgeschoss (also in den Ursprungszustand der Neutralität) zurückkommst? Die Wahl, welchen Knopf Du im Fahrstuhl betätigen möchtest, hast Du ganz alleine selbst.

An dieser Übung siehst Du: Negatives kannst Du unterschiedlich bewerten. Es gibt natürlich immer Dinge im Leben wie Traumata, die kann kein Mensch schönreden. Bagatellisierung ist bei schweren Schicksalsschlägen nicht angebracht.

Dennoch liegt es an Dir, an Dir ganz alleine, in welchen Stock des Untergeschosses zu reisen möchtest. Denke daran: Je tiefer Du Dich in negative Gedanken verstrickst, desto schwieriger ist es, wieder in den Zustand der Neutralität zu gelangen.

Das Wichtigste in Kürze aus diesem Kapitel:

Zweifel entstehen in jedem Leben. Sie sind da und Du solltest aber diese blockierenden Gedanken nicht überbewerten. Nehme Gedanken möglichst neutral wahr. Bewerte diese nicht. Lass die Gedanken in Deinem Kopf kommen und gehen. Ziehe Deine Schlüsse daraus, aber verstricke Dich nicht in Angst. Angst blockiert Dich für ein schönes Leben.

Bevor Du aufgrund permanent aufkommender Zweifel die Rolltreppe abwärtsfährst, solltest Du „STOPP“ sagen. Sind Deine Zweifel wirklich berechtigt? Liegt Deine Wahrheit nicht in einer subjektiven Wahrnehmung begründet, die andere Menschen vielleicht in einem anderen Blickwinkel betrachten?

Lass Gedanken vorüberziehen. Achte außerdem darauf, dass Du die Übung mit dem Fahrstuhl vor allem bei negativen Gedanken, die Dich überrollen, aktiv ausprobierst. Kein Zweifel ist es Wert, dass er Dein Leben zerstört. Es gibt positive und negative

Gedanken. Beide sollten ihren berechtigten Platz in Deinem Leben einnehmen.

Notiz zum Mitschreiben:

Jetzt lade ich Dich ein dazu, Dir ein paar Notizen zu machen, wann sich Zweifel in Dir ausbreiten. Waren all diese Zweifel berechtigt?

Welche davon haben sich vielleicht von ganz alleine in Luft aufgelöst?

Es liegt jetzt an Dir, an Dir ganz alleine, die wichtigsten Erkenntnisse darauf für Dein persönliches „feeling good“ zu ziehen. Viel Freude beim Nachdenken und Aufschreiben!

Urvertrauen zurückgewinnen

6. Positive Gedanken wecken und das innere Kind stärken

„Erst bei den Enkeln ist man dann soweit, dass man die Kinder ungefähr verstehen kann“

–Sprichwort vom bekannten Autor Erich Kästner-

Wenn vom Urvertrauen oder Selbstvertrauen die Rede ist, dann wird immer wieder von innerem Kind gesprochen. Was aber verbirgt sich hinter diesem Begriff?

Das innere Kind und seine Bedeutung

Als Modell wird das innere Kind betrachtet, wenn es um die Erlebniswelten in der Psychotherapie geht. Das innere Kind wurde vor allem durch die Literatur von Erika Chopich und John Bradshaw sowie Margaret Paul bekannt. Das Modell des inneren Kindes ist das Symbol der im Gehirn gespeicherten Gefühle, die aus der Erinnerung der Kindheit entstehen, die Du selbst erlebt hast. Zu diesen Gefühlen, die Du als erwachsene Person ernst nehmen solltest, gehören Wärme, Geborgenheit, Liebe, Zuneigung aber auch Angst, Hass oder Wut.

Durch die innere Stimme, die Erwachsene erst wieder neu entdecken und ihr zuhören sollten, kannst Du lernen, ein selbstbestimmtes und glückliches Leben zu führen. Oft vergessen wir in der Hektik im Alltag, diese Stimme des inneren Kindes überhaupt wahrzunehmen.

„Es ist nie zu spät für eine glückliche Kindheit“

Dieser Spruch wird sowohl Milton Erickson als auch Erich Kästner zugesprochen. Mit diesem möchte ich Dir Mut machen, ganz zu Dir und zu Deinen Gefühlen zurückzufinden. Lerne, den Verstand auszuschalten. Höre auf Dein Bauchgefühl. Denke daran, dass Du Deiner inneren Stimme, auch innere Autorität genannt, einmal ganz genau zuhörst. Nimm diese Stimme ernst und höre auf Deine Gefühle. Ein Gefühl ist oft das, was Dir zeigt, was richtig oder falsch ist.

Die meisten Menschen aber entscheiden im Alter eines Erwachsenen mehr als dem Verstand als aus dem Bauchgefühl heraus. Es siegen häufig materialistische Gedanken wie der Verdienst bei einem Job gegenüber dem Gefühl, ob der Beruf auch wirklich Spaß macht und zu Dir passt.

Meist liegen Traumata darin begründet, in der Kindheit Erfahrungen gemacht zu haben, die niemals aufgearbeitet wurden. Hier lohnt es sich, mit dem inneren Kind als Erwachsener zu arbeiten.

Ein Beispiel:

Die heute 40-jähirge Paula hat in ihrer Kindheit wenig Liebe empfangen. Sie ist nicht gestillt worden und ihre Eltern haben sich getrennt, als Paula erst 2 Jahre alt war. Sie durfte ihren Vater nie persönlich kennenlernen, da er von ihr nichts wissen wollte. Daneben musste Paulas Mutter hart arbeiten, um die junge Familie zu ernähren.

Paula wurde nie in den Arm genommen und von einer Tante erzogen, die sich auch im Schulalter um die Kleine gekümmert hat. Als Teenager konnte sich die hübsche Paula kaum vor dem Andrang von Jungs retten, doch ihre Mutter hat ihrer Tochter jeglichen Kontakt mit Jungs verboten. Dies ist auf ihre eigene schlechte Erfahrung zurückzuführen.

Doch in diesem Käfig der Mutter fühlte sich Paula nicht wohl. Sie wurde mit 16 Jahren schwanger und zog zu ihrem damaligen Freund und jetzigen Ehemann Thomas. Heute, mit 40 Jahren, kann Paula kaum mehr die Umarmungen und die Liebe von ihrem Ehemann zulassen.

Sie ekelt sich manchmal sogar davor, wenn sie von ihren Kindern geküsst und gestreichelt wird. Mit professioneller Hilfe des Psychologen weiß Paula, dass sie als Kind niemals Nähe und Geborgenheit als schönes Erlebnis empfunden hat.

So lebt Paula seit diesem Zeitpunkt den tiefen Glaubenssatz: „Es ist okay so, wie ich bin, aber ich muss nicht geliebt und gestreichelt zu werden."

Die taff wirkende Frau hat es niemals gelernt, aufgrund ihrer Person geliebt zu werden. Sie funktionierte, erbrachte die Leistungen, die von ihr gefordert wurden und musste irgendwie in ihrem Leben als Kind klarkommen, um die Mutter und Tante nicht zu belasten.

Als Mutter gab sie den Kindern unbewusst das, was ihr von der Außenwelt vorgemacht wurde. Jetzt aber im reifen Alter von 40 Jahren ist es es nicht gewohnt, Nähe und Liebe zu empfangen. Im Laufe der Therapiesitzungen lernt Paula, die Gefühle wie Liebe, Nähe, Vertrauen aber auch Wut, Hass, Angst und Blockaden ernst zu nehmen und tief in ihrem Herzen zu empfinden.

Nach und nach entdeckt sie, dass sie so, wie sie ist, liebenswert ist, auch ohne im Vorfeld eine Leistung zu erbringen.

Schattenkind und Sonnenkind

Anhand von dem Beispiel von Paula soll nicht bewertet werden, was Deine Eltern nun gut oder schlecht gemacht haben. Die meisten Eltern haben in Dir auch ein Sonnenkind geweckt, das geliebt und geachtet wurde. Das sind die positiven Dinge, die sich auch im Alter der Erwachsenen automatisch im Leben verankern. Es entstehen Werte wie Vertrauen, Treue, Fürsorge oder Fleiß. Aber dann gibt es noch das Schattenkind, das unbewusst in jedem Menschen verborgen ist.

In ihm verbergen sich die Dinge, die Deine Eltern falsch gemacht haben. Vielleicht haben sie Dir beigebracht, Leistung zu erbringen und nur für den Job zu leben. Das geht oft auf Kosten der Zeit, die für die Freizeit, die in der Familie gemeinsam verbracht wird. Schnell entsteht ein Defizit auch im Alter des Erwachsenen, wenn er kaum die Ruhe und Gelassenheit findet, um den Mitgliedern der Familie zuzuhören.

In jedem von uns steckt ein Schattenkind und ein Sonnenkind. Mit Hilfe der Arbeit mit dem inneren Kind können die Verletzungen und Erfahrungen aus der Kindheit neu durchlebt, aber auch verändert werden. Oft werden Zweifel und Ängste erst dann losgelassen, wenn schmerzhafte Emotionen zugelassen werden. Dadurch entstehen auch freudvollen Gefühlen wie Begeisterung, Spaß, Euphorie und Neugierde sowie viele mehr.

Die Arbeit mit dem inneren Kind weckt Selbstvertrauen

Durch die Auseinandersetzung mit dem inneren Kind gelingt es vielen Menschen, ihr Urvertrauen zurückzugewinnen.

Während wir als Kind oft brav sind, damit wir gefüttert, ins Bett gebracht oder bei Tränen getröstet werden, haben wir im Alter eines Erwachsenen häufig die Verhaltensweisen der Eltern übernommen. Dies erfolgt oft unbewusst. Wenn Dir Deine Eltern also nur Lob zugesprochen haben, wenn Du mit guten Schulnoten nach Hause gekommen bist, dann sind wir auch im Erwachsenenalter meist stark auf Leistung getrimmt.

Wir lieben uns nur selbst, wenn wir etwas leisten. Nicht selten fühlt sich ein 50-jähriger nur dann wertvoll, wenn er während des Tages einen guten Job gemacht hat. Dieses unbewusste Verhalten soll an dieser Stelle nicht bewertet werden. Fest steht aber, dass Du nur Zugang zu Deinem inneren Kind gewinnst, wenn Du lernst, auf Deine innere Autorität (die innere Stimme) zu hören.

Wer also wütend ist, sollte die Wut nicht unterdrücken, sondern zum Beispiel beim Sport abbauen. Wenn Du traurig bist, ist es keine Schande, zu weinen. Wer freudvoll und mit Begeisterung das Beisammensein mit den Kindern genießt, darf die Kinder auch umarmen. Je eher Du lernst, Deine Gefühle ernst zu nehmen und diese zu zeigen (ohne Scham und schlechtes Gewissen), desto mehr Selbstliebe entwickelst Du.

Selbstbewusste Menschen wissen, dass gute Gefühle der Ursprung sind, positive Gedanken zu fassen.

Positive Gedanken wiederum führen herbei, dass Du Dich auch konstruktiv gegenüber Dir selbst verhältst.

Das gleiche Muster gilt natürlich auch in umgekehrter, in negativer (destruktiver), Form.

Aus der Praxis für die Praxis – so arbeitest Du mit dem inneren Kind

Abschließend zu diesem Kapitel ein Beispiel, wie Du negative Gedanken und Verhaltensmuster in positive verwandeln kannst. Diese wiederum stärken Dein Selbstbewusstsein und Dein Urvertrauen.

1. Peter lebt missmutig und voller Selbstzweifel. Es regnet und er denkt sich: Ich möchte heute bei diesem Mistwetter nicht aus dem Haus gehen. Wahrscheinlich werde ich noch krank, wenn ich bei Kälte und Nässe jetzt rausgehe. Peter zieht missmutig den Mantel an, tritt in eine Pfütze und denkt sich: auch das noch! Im Büro angekommen sieht er, dass sein Postfach voller unerledigter Mails ist und der Kollege fragt, warum Peter denn so mies drauf sei. Aufgrund dessen isst er aus Frust einen Burger in einer Fast Food-Kette, der ihm nicht bekommt und rettet sich durch den Tag. Am Abend gibt es Zoff mit seiner Freundin, weil Peter nicht mit ihr, wie versprochen, ins Kino möchte. Vor dem Zubettgehen sagt Peter laut vor sich hin: Das Leben ist eine einzige Katastrophe!

An diesem Beispiel sieht Du: Negative Gedanken ziehen negative Aktionen ins Leben.

2. Florian steht bei gleichem Wetter auf und

denkt sich: Das Wetter ist nicht ideal. Doch ich habe gute Kleidung, damit ich trocken im Büro ankomme. Beim ersten Schluck Kaffee ist Florian dankbar, dass er sich aufwärmen kann und im Trockenen ist. Am Schreibtisch sitzend sagt er zu seinem Kollegen: „Ich habe viele Mails, aber das sichert mir meinen Arbeitsplatz. Super, dass wir uns wohl alle keine Sorgen um den Job machen müssen.“ In der Mittagspause genießt der Angestellte einen Spaziergang an der frischen Luft und besorgt gleich Kinokarten, um am Abend nicht in Hektik zu geraten.

Als er nach Feierabend seine Freundin anruft sagt er: „Ich freue mich auf unseren Kinoabend. Endlich einmal haben wir wieder Zeit für uns!“

Du siehst: Nicht die Situationen (im Beispiel der Regentag und die Situation am Arbeitsplatz) sind entscheidend für Dein Leben, sondern die Tatsache, was Du daraus machst. Im ersten Schritt sind es Deine Gedanken, die Dein Verhalten steuern. Wer positiv denkt, hat mehr vom Leben. Diese Personen leben glücklich, selbstbewusst und können Zweifel und Ängste loslassen.

Auf den Punkt gebracht:

Der Zugang zu Deinem inneren Kind wird Dir dabei helfen, Dir bestimmter Verhaltensmuster in Deinem Leben bewusst zu werden. Nicht selten kann es Dir mit Hilfe einer Psychotherapie gelingen, tiefe Emotionen wie Angst, Wut, Liebe, Fürsorge oder Nähe tiefer zu analysieren.

Aber nicht immer ist der Gang zum Therapeuten notwendig, Zugang zu Deiner inneren Stimme und zu Deinem inneren Kind zu finden. Wichtig ist, dass

Du lernst, Deine Einstellung zum Leben in ein positives Licht zu rücken. Aufgrund dessen kann sich auch Dein Verhalten so verändern, dass Du die richtigen Menschen in Dein Leben ziehst. Wer mit einer positiven Einstellung und mit einem Lachen im Gesicht durch den Alltag marschiert, wird automatisch das Gute ins Leben ziehen.

Was aber passiert, wenn Du Wut und Angst in Dir trägst? Wie kannst Du mit Enttäuschungen und Schicksalsschlägen umgehen? Negative Emotionen solltest Du ruhig zulassen. Wer sie auf Dauer verdrängt, kann dies bitter bereuen. Irgendwann einmal müssen in jedem Menschen negative Erlebnisse verarbeitet werden.

Baue Deine Wut und Aggression beim Sport ab. Schlage in einem Boxsack bei Niederlagen, die Du nur schwer verkraften kannst. Richte alle Aggressionen niemals gegen Dich selbst. Sucht ist Flucht. Gehe liebevoll und achtsam mit Dir um. Wetten, darin liegt auch für Dich der Schlüssel zum Glück, Dein Urvertrauen zu finden?

Ideen zum Mitschreiben in Sachen inneres Kind:

____

____

____

____

7. Formuliere Ziele, hinter denen Du stehst

„Alles Alte, soweit es Anspruch darauf hat, sollen wir lieben,
aber für das Neue sollen wir recht eigentlich leben"

-Zitat von Theodor Fontane-

Das Gegenteil von Ängsten und Zweifeln sind Pläne und Ziele. Ohne Ziele und klare Visionen, die Du Dir am besten aufschreibst, kaum ein sinnvolles Leben. Ein Leben ohne Ziel endet oft in einer Sackgasse. Dies wiederum heißt, dass Du kein Selbstvertrauen entwickelst und oft an Dir zweifelst.

Wie solltest Du Deine Ziele formulieren? Schreibe Dir private oder berufliche Ziele am besten anhand der Formel SMART auf. Auch hier gilt: Schriftlichkeit schafft Verbindlichkeit.

Was bedeutet die Formel SMART?

S für spezifisch: Sage Dir nicht „Ich möchte ein paar Kilos abnehmen" , sondern: „10 Kilo möchte ich verlieren, damit ich wieder in meine Lieblingsjeans passe."

M für messbar: Ziele sind am besten, wenn Du sie in Zahlen und Fakten konkretisieren kannst. Nehme Dir vor, 5.000 Euro in einem Jahr anzusparen. Das ist besser, als Dir zu denken, ein wenig Geld beiseite zu legen.

A für attraktiv: Ein Ziel muss Dich motivieren. Beispielsweise kannst Du Dir ein schönes Bild von einem Traumstrand in Australien an Deinen Spiegel hängen, damit Du weißt, dass Du für diesen Urlaub (Dein großes Ziel!) Geld beiseite legst.

R für realistisch: Es nützt nichts, Dir unerreichbare Ziele vorzunehmen, die kein Mensch schaffen kann. Ein Anfänger beim Joggen sollte sich nicht sagen: „In 4 Wochen werde ich den Marathon schaffen", sondern mit kleinen Zielen beginnen, die er auch erreicht. Zum Beispiel ist der Vorsatz: „In einem Monat schaffe ich es, 10 Kilometer ohne Pause zu joggen. Dafür trainiere ich dreimal pro Woche" deutlich realistischer.

T für terminiert: Jedes Ziel sollte ein konkretes Zeitfenster beinhalten. Nehme Dir vor, in einem Jahr in eine schicke Wohnung umgezogen zu sein und Dir innerhalb dieses Zeitraums alle passenden Möbel auszusuchen. Ziele, die ohne Zeitplan ins Leere laufen, sind umsonst.

Natürlich sind nicht alle Lebensziele in Zahlen festzuhalten. Wer zum Beispiel lernen möchten, loszulassen, kann aber dennoch mit Notizen im eigenen Tagebuch seine Erfolge aufschreiben.

Das Tagebuch der Erfolge zur Motivation

Ein Beispiel:

Regina fällt es schwer, Nein zu sagen. Sie fühlt sich oft ausgenutzt, wenn sie immer wieder andere Menschen gegenüber den eigenen Bedürfnissen den Vortritt lässt. Für jedes mal „Nein sagen" schreibt sich Regina einen Smilie in ihr Erfolgstagebuch.

Nach 10 Smilies ist sie besonders stolz auf sich und gönnt sich einen Kinoabend mit der besten Freundin. Ihre Schwäche, sich auszunutzen zu lassen, wird automatisch abgebaut. Durch diese Belohnung schafft es Regina, immer wieder an sich zu arbeiten, obwohl es ihr anfangs schwer fällt, höflich und bestimmt Nein zu sagen.

Auf den Punkt gebracht:

Ziele unterstützen Dich darin, Selbstvertrauen aufzubauen. Wer Ziele erreicht fühlt sich glücklich und frei. Deshalb solltest Du Dir Deine Visionen (Ziele) am besten in Deinem Smartphone oder auf einem großen Zettel notieren. Wenn Du täglich durch die Visualisierung an Deine Ziele erinnert wirst, stehen die Chancen auf Erreichung gut. Vergesse nicht, Dich ab und an zu belohnen.

Denke außerdem an das Sprichwort: „Rom wurde auch nicht an einem Tag erschaffen.“ Denke daran, dass Du ein Mensch und keine Maschine bist. Kleine Rückschritte gehören zum Leben mit dazu. Wichtig ist, dass Du auf Deinem gesamten Lebensweg die Leiter nach oben und nicht nach unten marschierst. Schon jetzt wünsche ich Dir: viel Erfolg bei Deiner Zielerreichung und allen Vorsätzen. Glaube an Dich – dann schaffst Du alles, was Du möchtest.

Extratipp:

Was ist, wenn Du Deine Ziele nicht erreichst? In diesem Falle solltest Du Dich nicht selbst foltern mit zermürbenden Vorwürfen. Schaffe Dir neue Ziele, denn auf dem Lebensweg ergeben sich immer wieder andere Chancen, die Du ergreifen kannst. Wird eine Türe geschlossen, öffnen sich zwei neue für Dich.

Meine Notizen: Welche Ziele möchte ich erreichen? Schreibe Dir nach SMART alles auf, was Dir dazu einfällt:

8. Die 7 Säulen der Resilienz und das Urvertrauen

„Ich bin diesen Weg gegangen, ich bin jenen Weg gegangen, dann bin ich meinen Weg gegangen“

-Chinesische Weisheit-

Resilienz ist heute ein wichtiges Wort, um mit dem Stress im daily business sehr gut klarzukommen. Wer resistent gegen Stress, also resilient ist, der kann auf Dauer gute Leistung erbringen. Deshalb sind Seminare rund um die Resilienz durchaus beliebt, wenn Du Dir das Wirtschaftsleben näher betrachtest. Doch auch im privaten Bereich sind die 7 Säulen der Resilienz Gold wert.

Sie helfen Dir, Dein Urvertrauen zu finden und Dich frei und glücklich zu fühlen. Aus diesem Grunde stelle ich Dir diese 7 Säulen in einer kurzen Übersicht vor. Vor allem in Krisen kannst Du nach diesem einfachen Schema jedes Problem lösen. Diese 7 Schritte dürfen Jung und Alt einhalten, egal, ob es um berufliche oder private Schwierigkeiten geht.

Die 7 Säulen der Resilienz:

1. Selbstbewusstsein stärken: Dazu gehört, aus der Opferrolle zu entfliehen und selbst aktiv zu werden. Der Täter ist aktiv und kommt ins Doing, was ihm automatisch Selbstsicherheit schenkt, während das Opfer in einer passiven Starre verharrt. Möchtest Du selbst über Dein Leben bestimmen? Dann werde selbstbewusst und entfliehe der Opferrolle!

2. Kontaktfähigkeit bewahren und Hilfe einholen: Das Wichtigste, um Vertrauen zu sich selbst zu finden und damit resilient zu werden ist, Dich mit den richtigen Menschen zu umgeben. Das bedeutet: Höre genau hin, wer Dir guttut und wer nicht. Es reicht meist schon ein guter Unterstützer und Fürsprecher in Deinem Leben, damit Du Krisen meisterst.

3. Gefühle aktiv wahrnehmen: Resiliente Menschen schaffen es, auf ihr inneres Kind zu hören. Sie ignorieren keine Traurigkeit oder Wut, sondern gehen achtsam mit sich um. Wer sich dessen, was ihm sein Herz zuflüstert, bewusst ist, der wird auch gut durch schwere Zeiten kommen.

4. Optimistische Grundeinstellung: Nur dann, wenn Du das Glas im Grundsatz nicht als halbleer, sondern als halbvoll betrachtest, dann kannst Du innerlich an Dir wachsen. Resiliente Menschen sind optimistisch und glauben an das Gute.

5. Handlungskontrolle bewahren: Resiliente Menschen können ihre Gefühle aktiv steuern. Sie handeln nicht aus unbesonnenen Impulsen heraus, sondern reflektiert. Sie behalten Kontrolle und arbeiten auch mit Zielen. Hier ist die Formel SMART eine gute Unterstützung. Eine Belohnung im

Anschluss hilft, sich immer wieder neu zu motivieren.

6. Realistisch bleiben: Nur wenn man nicht den Bezug zur Realität verliert, dann ist man in der Lage dazu, aktiv zu handeln. Die Aktivität ist der Schlüssel zum Erfolg, um Krisen zu meistern. Resiliente Menschen sehen das Schicksal niemals durch eine rosarote Brille. Sie gehen sachlich mit Schmerz und Schicksalsschlägen um.

7. Stärke zur Selbstreflexion und Analyse: Wer resilient ist, geht flexibel mit Veränderungen im Leben um. Menschen mit Selbstvertrauen bestimmen ihr Denken und Handeln selbst. Sie fragen nicht „Warum nur immer ich?“, sondern wechseln die Perspektive. Dabei sehen Sie das Gute am Schlechten uns formulieren zum Beispiel Fragen wie: „Wozu ist das gut?“ oder „Was kann ich dabei lernen?“ So können sie die Ursachen eines negativen Erlebnisses besser identifizieren und planen ihre Zukunft neu.

Es gibt verschiedene Theorien, die 7 Säulen der Resilienz darzustellen. Fakt ist, dass dieses Handwerkszeug auch allen Menschen dabei hilft, selbstsicher und voller Klarheit durchs Leben zu marschieren.

All die wichtigen Punkte sind eng miteinander verwoben. Wer aktiv ist und der Opferrolle entflieht, kommt automatisch auf den Gedanken, sein Leben neu zu ordnen. Auch dann, wenn bei Deinen Handlungen in Krisen nicht immer alles genau so verläuft, wie Du es Dir vorstellst, ist Aktivität besser als Passivität.

Viele Menschen finden ihren eigenen Weg zum Erfolg erst dann, wenn Sie merken, welche Dinge funktionieren und welche nicht. Dazu ein Beispiel von einem jungen Mann, der von seiner Freundin Hals über Kopf verlassen wurde:

Daniel steht vor einem Scherbenhaufen voller Probleme. Er ist 28 Jahre alt und seine Freundin hat ihn wegen einem anderen Mann verlassen. Mit nur einem Gehalt kann er sich die gemeinsame Wohnung nicht leisten. Dazu kommt, dass seine Freundin mit dem gemeinsamen Auto einfach verschwunden ist. Daniel weiß aktuell nicht, wie es weitergehen soll. Er ruft einen guten Freund an, der ihm sagt: „Wir schaffen das. Kündige die Wohnung und ziehe erst einmal zu mir. Danach suchen wir uns einem Anwalt, damit Du das gemeinsame Auto wieder zurückbekommst.

Bis es soweit ist fahre ich Dich zur Arbeit." Damit ist Daniel schon sehr geholfen. Daneben baut er seine Wut und den Hass beim Sport ab. Er joggt mehr denn je und schwitzt sich allen Frust vom Leib. Das ist besser, als eine Zigarette nach der anderen zu rauchen.

Warum verhält sich Daniel in diesem Fall mehr als clever und zeigt Resilienz?

– Er spricht offen über seine Krise mit einer vertrauten Person.

– Daniel nimmt die Hilfe des Freundes an und weiß, dass er dadurch einige Probleme lösen kann.

– Die Wut und der Hass sind nachvollziehbar. Statt sich aber im Selbstmitleid zu aalen, nimmt er seine Emotionen ernst und baut sie beim Sport ab. Das ist besser, als sich selbstzerstörerisch zu verhalten.

– Daniel sucht der Rat eines Rechtsbeistandes, was in so einer extremen Situation durchaus hilfreich sein kann.

Was sind die wichtigsten Erkenntnisse für Dich in Sachen Resilienz?

____

____

____

____

____

____

____

____

____

____

____

____

____

Kühlen Kopf zu bewahren und eine optimistische Grundhaltung zu bewahren, das kann jeder lernen.

Der erste Schritt zur richtigen Handlung in Krisen ist, Gefühle erst einmal realistisch wahrzunehmen. Leider sind viele Menschen stattdessen Weltmeister im Verdrängen.

Außerdem schämen sich resiliente Menschen nicht, Hilfe anzunehmen und wissen, dass sie nur so extrem schwierige Situationen bewältigen können. Noch dazu sind Menschen, die resistent bei Stress sind, in der Lage dazu, aktiv und sein und vom Opfer zum Täter zu werden.

Wetten, auch Du kannst durch neue Ziele und

Visionen für die Zukunft selbst sehr harte Schicksalsschläge gut verdauen?

Schon jetzt wünsche ich Dir bei Deinen Handlungen: viel Erfolg! Lerne auch Du, Krisen zu meistern. Sie machen Dich stark.

9. Gestalte Dir Dein Leben selbst, denn nur Du hast es in der Hand!

„Jeder Tag wird dir gereicht, um glücklich zu werden“

-Weisheit von Johann Wolfgang von Goethe-

In diesem Kapitel geht es jetzt um die Praxis. Du weißt jetzt, dass Du Dein Urvertrauen nur dann wieder finden kannst, wenn Du aktiv bist. Bewahre die 7 Säulen der Resilienz tief in Deinem Herzen. Sie sind ein wichtiger Schlüssel für Jung und Alt, ein dauerhaft erfülltes Leben zu führen.

Damit Dir das gelingt, stelle ich Dir in diesem Kapitel nach dem Motto „aus der Praxis für die Praxis“ ein paar Ideen vor, die auch sicherlich Dich voranbringen. Suche Dir aus diesen sehr vielseitigen Aufgaben genau diese heraus, die zu Dir am besten passen.

Niemand muss alles gut finden. Wichtig ist: Du kannst Deine Persönlichkeit nur dann weiterentwickeln, wenn Du hinter Deinem Handeln stehst – und zwar voll und ganz. Entdecke Dein inneres Kind, indem Du achtsam und liebevoll mit Dir umgehst. Dieser Weg lohnt sich – immer!

7 goldene Regeln, achtsam mir Dir umzugehen

1. Menschen, die selbstbewusst und stark sind, ernähren sich gesund. Sie geben sich keinen Süchten hin und achten sich selbst. Denke daran: „Du bist, was Du isst.“ Eine vitale Lebensweise mit viel Obst und Gemüse ist für die meisten Menschen eine gute Unterstützung, aktiv zu sein und sich gut zu fühlen. Vor allem dann, wenn Du innerlich an Dir zweifelst, solltest Du mehr denn je auf eine vitale und gute Lebensweise achten.

2. Miste aus und sage Dich von allem los, was Dir nicht guttut. Details darüber sind im 4. Kapitel des Buches dargestellt. Dazu gehört, sich von alten Erinnerungen wie Fotos zu trennen. Auch eine Raumveränderung, ein Umzug oder eine lange Reise kann Dir dabei helfen, Dein Urvertrauen zu finden.

3. Sport hilft den meisten Menschen, selbstbewusst und glücklich durch schwere Zeiten zu kommen – und nicht nur das! Sport kurbelt die Durchblutung an, ist gut für den Hormonhaushalt und hilft Dir dabei, viele Beschwerden auf natürliche Art und Weise in den Griff zu bekommen. Wichtig dabei ist: Übe den Sport aus, der am besten zu Dir passt. Egal, ob Einzelkämpfer oder Teamplayer im Verein: Sport tut Frauen und Männern gut!

4. Finde im Atem Deine Kraft. Wer sich gut entspannen kann und die Bauchatmung der flachen Brustatmung vorzieht, hat mehr vor Leben. Details dazu erfährst Du im nächsten Kapitel. Denke daran:

Je mehr frischen Sauerstoff Du Deinem Körper gönnst, desto besser!

5. Achte auf einen gesunden Schlaf. Neben der vitalen Lebensweise und einer ausreichenden Trinkmenge (Wasser und entschlackende Kräutertees) ist der ausreichende und gesunde Schlaf das A und O, selbstbewusst und erfolgreich durchs Leben zu marschieren. Ungefähr 7 – 8 Stunden Schlaf benötigen Erwachsene pro Tag – Kinder etwas mehr.

6. Denke täglich an das, was Du hast und nicht an das, was Dir fehlt. Positive Gedanken und Sprüche auf dem Tageskalender können Dir dabei helfen, Dich gut und glücklich zu fühlen. Sage Dir Sätze wie „Ich schaffe alles, was ich möchte" in einem Mantra immer wieder vor.

7. Gehe jeden Tag an die frische Luft. Vor allem zu Zeiten der Pandemie igeln sich viele Menschen ein. Schluss mit dem Lamentieren! Wer täglich frischen Sauerstoff tankt und Waldspaziergänge unternimmt, wird innerlich frei von Belastungen. Es gibt kein falsches Wetter, sondern nur die falsche Kleidung. Auch die tägliche Fahrt mit dem Rad zu Arbeit kann Dir dabei helfen, innerlich befreit und stark zu werden sowie jede Menge für Deine Fitness zu tun.

Du siehst: Es liegt sehr viel an Dir selbst, Dich mental zu stärken. Die Liste der Ideen kann hier natürlich niemals den Anspruch an Vollständigkeit erfüllen. Höre auf Dich, auf Deine innere Stimme und auf das, was Dir guttut. Wenn Du Deinem Herzen folgst und Dich mit den Menschen umgibst, die Dir guttun, dann hast Du schon ganz viel richtig gemacht.

Extratipp:

Mindestens eine gute Tat pro Tag solltest Du Dir gönnen! Nach und nach kannst Du Deine Lebensweise immer mehr verbessern, damit Du immer selbstbewusster und klarer wirst. Aus anfänglich ungewohnten Situationen werden schnell Rituale, die Dir guttun. Außerdem ist noch kein Meister vom Himmel gefallen. Sei also geduldig und liebevoll mit Dir selbst.

Auf den Punkt gebracht:

Sucht ist Flucht – und das immer! Suche Dir das gesunde Food, das Dir schmeckt. Umgebe Dich mit Menschen, die Dein „feeling good" aktivieren und nicht Deine Energie aus Dir ziehen. Bewege Dich täglich – und das am besten an der frischen Luft. Gönne Dir immer wieder ein paar Kleinigkeiten, die Dein Selbstbewusstsein stärken wie ein paar Turnschuhe, auf die Du stolz bist. Wer sich dabei den Grundoptimismus bewahrt, wird auch jede schwere Zeit gut überstehen.

Meine Notizen, wie ich selbst in der Praxis jetzt aktiv werde:

10. Bonus-Tipp: Wie kannst Du das Urvertrauen Deines Kindes stärken?

„Die Erde wimmelt von Menschen, die nicht wert sind, dass man mit ihnen spricht“

-von Voltaire–

Deine Kinder sind schutzbedürftige, sensible Wesen, mit denen Du als Elternteil immer und sooft wie möglich sprechen solltest. Die Grundlage der gewaltfreien Kommunikation ist, den kleinen Lieblingen so viel Aufmerksamkeit und Beachtung zu schenken, wie sie brauchen. Dennoch besteht die große Kunst der Erziehung darin, die Kids nicht zu bevormunden und sie zu selbständigen Menschen zu erziehen, die ihr Leben mit einem gesunden Maß an Selbstsicherheit meistern.

Das ist in der heutigen Zeit gar nicht so einfach. Jugendliche werden gemobbt, gehänselt und auch die sozialen Netzwerke leisten einen großen Beitrag dafür, dass über Kinder gelästert wird oder Fake-News verbreitet werden.

Diese schaden den zarten Seelen oft sehr. Natürlich kann hier in diesem Bonus-Teil nicht auf alle Details der Erziehung von Kindern und Teenager eingegangen werden. Du kannst aber Deine Kinder zu resilienten Leuten erziehen, die frei von Ängsten leben. Es gibt für Vater und Mutter ein paar Basics, damit die Kinder ihr Urvertrauen finden, das sie vielleicht schon in jungen Jahren verloren haben.

Kinder brauchen Deinen Schutz

Die im vorhergehenden Kapitel vorgestellten Ideen gelten auch alle für Deine Kinder. Die Kids von heute bewegen sich tendenziell viel zu wenig. Stattdessen hängen sie vor dem Smartphone und chatten mit ihren Freunden. Nicht erst zu Zeiten der Pandemie wird diese sehr ungesunde und unnatürliche Lebensweise geradezu befeuert.

Du als Erziehungsberechtigter siehst vielleicht oft, dass Deine Kinder sich nicht so verhalten wie Du es Dir wünschen würdest. Anstatt aber zu schimpfen mit Worten wie „Komm endlich einmal in die Gänge, damit wir pünktlich bei der Oma sind und mit dem Fahrrad fahren" oder „Stopfe nicht immer nur Schokolade in Dich, sondern esse doch mal einen Apfel", vergessen die meisten Eltern eines: als Vorbild zu agieren.

Die meisten Eltern verlangen von ihren Kindern viele Dinge, die sie selbst nicht einhalten. Du solltest aber daran denken, dass die kleinen Lieblingen Unterstützung von Dir benötigen, damit sie sich so verhalten, wie es sein soll. Gesundheit und eine vitale Lebensweise sind nicht die Dinge, die Kinder von Natur aus ernst nehmen.

Du als Elternteil kannst also ruhig mit den Kids Sport machen oder einen Salat essen, wie Du es von den Kleinen verlangst. Reiche den Kindern stets

Deine Hand – gemeinsam lässt sich auch ein neuer, ungewohnter Weg, oft besser gehen als alleine.

Die offene Kommunikation ist das A und O für die gesunde Entwicklung der Kinder

Nicht selten quälen schon Jugendliche Ängste, Depressionen und Schlafstörungen im jungen Alter. Ist es nicht verrückt, dass der Druck in der Schule oder das Mobbing unter Freuden die zarten Seelen schon in jungen Jahren belastet?

Während noch vor Jahren Kinder andere Probleme hatten, ist heute die seelische Belastung die Hautursache, warum die Kinder ihr Urvertrauen verlieren.

Aus diesem Grunde solltest Du so oft es geht mit Deinen Kids das offene Gespräch suchen. Finde Rituale vor dem Zubettgehen, um mit den Kindern über die Erlebnisse des Tages zu sprechen. Schimpfe die Kinder nicht, wenn sie die Hausaufgaben nicht pünktlich erledigen, sondern biete ihnen Unterstützung dafür an.

Die Frage „Was genau kann ich denn jetzt für Dich tun?“ oder „Wie kann ich Dir helfen, damit Du das alles schaffst?“ lädt Deinen kleinen Schatz ein, sich Dir zu öffnen. Gemeinsam stark zu sein – das ist das große Erfolgsrezept der Eltern, die ihren Kindern dabei helfen, ein selbstbestimmtes Leben mit einem starken Selbstwertgefühl zu führen.

Expertentipp zur Kommunikation:

Gerne darfst Du auch wöchentliche Gespräche mit jedem einzelnen Kind (mit Terminvereinbarung) führen. Wichtige Dinge solltest Du nicht zwischen Tür und Angel besprechen. Bei Geschwistern ist es bedeutsam, dass jedes Kind das Gefühl hat, ein eigenes Wesen zu sein, das wichtig ist. Zeige Deinen Kindern immer Deine Liebe. Nimm Dir Zeit für die offene Kommunikation – und zwar Aug in Aug. Bestimmte Dinge kann man (auch trotz WhatsApp und der virtuellen Welt, in der wir leben) nur persönlich bereden.

Der gesunde Schlaf des Kindes

Je nach Lebensphase der Kinder ist es nicht ausreichend, wenn 8 Stunden pro Tag geschlafen wir. Manchmal brüten die Kinder innerlich Probleme aus, die sie im Unterbewusstsein mehr als belasten. Dann benötigen sie meist besonders viel Schlaf. Achte deshalb besonders darauf, dem Kind im Schlafzimmer frische Luft und absolute Ruhe zu gönnen.

Ein Smartphone gehört, ebenso wie der Laptop oder ein TV, im Grundsatz nicht ins Kinderzimmer. Zudem wird bei Dunkelheit das Hormon Melatonin vom Körper produziert. Je dunkler das Schlafzimmer, desto besser der Schlaf.

Der gesunde Atem mit der Bauchatmung

Der gesunde Atem über die Bauchatmung ist nicht nur für Kinder ein großer Gewinn, um mit Stress gut klarzukommen. Meist atmen wir flach über den Brustraum. Wie aber wirst Du mit Deinem Kind zur Bauchatmung finden, die den Körper mit ausreichendem Sauerstoff versorgt?

Hierzu eine kleine Anleitung:

1. Achte darauf, dass Du und Dein Kind durch die Nase tief einatmen, damit sich der Bauch nach außen wölbt.

2. Danach die Luft kurz anhalten und an etwas Schönes denke.

3. Beim Ausatmen durch den Mund in einem Strom muss der Bauch wieder flach werden.

4. Diese Übung ein paarmal wiederholen.

Beim Bauchatmen wird die Durchblutung angeregt. Der Kopf wird frei und Jung und Alt schaffen es auch in Schocksituationen, klaren Kopf zu bewahren. Denke daran: Kein Leben ohne Atem. Deshalb ist der Atem wichtiger denn je.

Die Kraft der Meditation

Bei Meditationen wie in Quigong, Yoga oder Thai Chi können die Kinder gut abschalten. Das hilft ihnen, Vertrauen, Ruhe und innere Gelassenheit zu finden. Bei Youtube darfst Du außerdem Kindermeditationen herunterladen, damit der kleine Schatz in den geruhsamen Schlaf findet und sich entspannen kann.

Sport und Bewegung für das Kind

Achte darauf, dass Dein Kind den Sport ausübt, der ihm Selbstvertrauen schenkt. Vereinssport kann dabei helfen, den „inneren Schweinehund“ zu überwinden und neue Freunde zu finden. Zudem sind Ziele und Erfolge im Sport wichtig, damit Dein Liebling Selbstvertrauen findet.

Die Ernährung und was sonst noch wichtig ist

Beim gesunden Essen und Kindern ist das so eine Sache: Der Verbot von Zucker und Süßigkeiten weckt manchmal nur eine Begehrlichkeit, die Heißhunger fördert. Deshalb solltest Du hier auf Deinen gesunden Menschenverstand vertrauen, welche Mengen an ungesundem Food Du Deinem Kind zubilligst. Fakt ist allemal: Achte auf eine gute Esskultur, gemeinsam eingenommenen Mahlzeiten und ausreichender Trinkmenge, damit Dein Kind gesund bleibt. Zudem sind sinnvolle Gespräche bei den 3 Mahlzeiten am Tag unter der Familie das A und O für ein friedliches Miteinander. Das ist besser, als Essen to go ohne Maß und Ziel zu konsumieren, was für Kinder und Erwachsene gleichermaßen gilt.

Resümee aus diesem Bonus-Teil:

Denke daran: So, wie Du als Kind am liebsten selbst behandelt werden möchtest, so solltest Du auch mit Deinen Kids umgehen. Begegne ihnen niemals mit Gewalt oder gar Schlägen. Liebe und Achtsamkeit sind die Basis, damit Du das natürliche Urvertrauen der Kinder förderst.

Finde in gemeinsamen Ritualen mit Meditationen, der Bauchatmung und schönen Sportaktionen heraus, was Dein Kind in seinem Herzen bewegt. Je mehr Vertrauen Du zwischen Dir und Deinen Kindern aufbaust, desto besser. Bei Geschwistern ist es wichtig, dass jedes Kind das Gefühl hat, ein eigenständiges Wesen zu sein.

Meine Ideen zum Mitschreiben, damit ich das Urvertrauen meines Kindes wecken kann:

„Begrenze dein Kind nicht auf das, was du gelernt hast, denn es ist in einer anderen Zeit geboren“

–Weisheit Aus dem Hebräischen-

Fazit

Das Streben nach einem natürlichen Urvertrauen finden wir auf der ganzen Welt. In Krisen aber kommen wir Menschen oftmals vom guten Glauben ab. Wir verlieren das Urvertrauen an uns selbst. Doch die meisten Menschen finden es auch wieder, wenn sie an sich glauben. Bleibe also cool, wenn Du nicht immer gleich stark und selbstbewusst bist. Schwere Zeiten gehören zu jedem Leben. Wenn Du genügend Achtsamkeit und Fürsorge gegenüber Dir walten lässt, dann stehen die Chancen mehr als gut, dass auch Du auf Dauer Vertrauen zu Dir findest. Was können die 7 Säulen der Resilienz in Dir bewirken?

Welche Lebensziele möchtest Du Dir verwirklichen?

Wie passt die Formel SMART zu Dir und zu Deinem Leben?

Was genau kannst Du bewirken, wenn Du Dich selbst belohnst, wenn Du bestimmte Lebensziele erreicht hast?

Was genau hat Dich in der Vergangenheit schon weitergebracht, worauf Du mächtig stolz bist?

Wir Menschen haben alle Gründe genug, warum wie uns feiern könnten! Denke daran: Auch Du kannst durch den Glauben an Dich selbst jede Menge an Kraft und Energie gewinnen.

Zudem ist es für die meisten Menschen sinnvoll, nicht im Perfektionismus zu enden, der uns nur selbst das Leben schwer macht. Bleibe locker und genieße das Leben.

Wer im Hier und Jetzt lebt und jeden kostbaren Augenblick als Geschenk empfindet, hat mehr von seinem Alltag. Schon jetzt wünsche ich Dir bei all Deinen Ideen, Wünschen und Zielen, die Du erreichen möchtest: gutes Gelingen.

Du schaffst alles, was Du Dir wünschst. Nach Krisen kommen wieder gute Zeiten. Das Urvertrauen für sich jeden Tag neu zu finden – dieser Weg lohnt sich allemal. Egal, ob Jung oder Alt, gleichgültig, ob Frau oder Mann: Viel Spaß beim Ausprobieren der für Dich wichtigsten Tipps aus diesem Buch.

„Das Streben nach Vollkommenheit macht manche Menschen vollkommen unerträglich“

-Zitat von Pearl S. Buck-

Abschließende Notizen:

Urvertrauen zurückgewinnen

Eine Bitte von der Autorin:

Wie hat Ihnen dieser Ratgeber gefallen? Lassen Sie es mich wissen und helfen Sie weiteren möglichen Leserinnen und Leser mit einer Rezension auf Amazon. Hier können Sie mein Buch bewerten:

https://amzn.to/3gmb4F1

Haftungsausschluss

Die Umsetzung aller enthaltenen Informationen, Anleitungen und Strategien dieses Buchs erfolgt auf eigenes Risiko. Für etwaige Schäden jeglicher Art kann der Autor aus keinem Rechtsgrund eine Haftung übernehmen. Für Schäden materieller oder ideeller Art, die durch die Nutzung oder Nichtnutzung der Informationen bzw. durch die Nutzung fehlerhafter und/oder unvollständiger Informationen verursacht wurden, sind Haftungsansprüche gegen den Autor grundsätzlich ausgeschlossen. Ausgeschlossen sind daher auch jegliche Rechts- und Schadensersatzansprüche. Dieses Werk wurde mit größter Sorgfalt nach bestem Wissen und Gewissen erarbeitet und niedergeschrieben. Für die Aktualität, Vollständigkeit und Qualität der Informationen übernimmt der Autor jedoch keinerlei Gewähr. Auch können Druckfehler und Falschinformationen nicht vollständig ausgeschlossen werden. Für fehlerhafte Angaben vom Autor kann keine juristische Verantwortung sowie Haftung in irgendeiner Form übernommen werden.

Über die Autorin

Die geschätzte Sachbuchautorin Susan Ritter, geboren 1980 in Berlin, lebt mit Ihren zwei Kindern in einer kleinen Stadt in Rheinland-Pfalz. Mit „Ängste effektiv überwinden und Depressionen vorbeugen“ bringt sie ihren Debütratgeber über die wertvollsten Tipps gegen die emotionalen Einbahnstraßen von Ängsten und Depressionen heraus.

Mit Hilfe einfachster Übungen und verständlichen Strategien zeigt Ritter Menschen Wege zu mehr inneren Ruhe und einer exorbitant höheren Qualität in ihrem Leben auf. Ihre begeisternden Leser schätzen ihren persönlichen, emphatischen und zugleich fachkundigen Schreibstil.

Das Ziel von Ritter ist bei jedem Buchprojekt das Gleiche: Menschen schnellstmöglich aus schwierigen Lebenssituationen zu befreien. Ihnen wieder Hoffnung geben und Schritt für Schritt Anleitungen an die Hand geben, um kraftvoll aus jeder Krise zu kommen.

Das Leben selbst konfrontierte sie vor einigen Jahren mit einer kritischen Situation. Damals übernahm Ritter selbst die Verantwortung für sich und ihre Kinder und boxte sich erfolgreich mit ihrem Selbststudium aus dieser misslichen Lage. Die daraus gewonnen Erkenntnisse und Erfahrungen gibt sie mit brennender Hingabe an Ihre treuen Leser heute weiter.

Seit 2020 ist Ritter Coach im Bereich

Lebensführung. Sie liebt es mit Ihren Kindern zu klettern und zu reisen.

Urheberrecht

Impressum:

c/o Autorenservices.de

Birkenallee 24

36037 Fulda

2021

1. Auflage

Printed in Poland
by Amazon Fulfillment
Poland Sp. z o.o., Wrocław

91140927R00069